Carl Schultes

Der arme Heinrich

Ein deutsches Volkschauspiel in fünf Abteilungen

Carl Schultes

Der arme Heinrich
Ein deutsches Volkschauspiel in fünf Abteilungen

ISBN/EAN: 9783743343108

Hergestellt in Europa, USA, Kanada, Australien, Japan

Cover: Foto ©Andreas Hilbeck / pixelio.de

Manufactured and distributed by brebook publishing software
(www.brebook.com)

Carl Schultes

Der arme Heinrich

Der arme Heinrich.

Ein deutsches Volksschauspiel

in

fünf Abtheilungen

von

Carl Schultes.

Leipzig,
Verlag von Oswald Mutze.
(Eingetragen in das Vereins-Archiv.)

Perſonen.

Kaiſer Heinrich VI., Sohn des Rothbart.

Conſtantia, ſeine Gemahlin, Tochter des Königs Roger von
    Neapel und Sicilien.

Renata von Tarent, ihre Ehrendame und Jugendgeſpielin.

Firminius, Abt des Kloſters Reichenau im Bodenſee.

Der Triesdorfer, ein ritterlicher Minneſänger.

Heinrich von der Aue, ein reicher, ſchwäbiſcher Ritter.

Anna, ſeine Mutter.

Kunibert, ſein Schreiber und Burgpfaffe.

Grieſebart, ſein Leibknappe.

Simon von Crema, Arzt in Salerno.

Hanfried, ein reicher Dienſtmann des Auers.

Maria, ſeine Enkelin.

Kunrad, ſein Sohn.

Verticella, Beſitzer einer Pilgerherberge vor Salerno.

Margaritha, ſeine Tochter.

Der Aeberlinger Hans.

Geronimo, Diener des Simon.

Seipo, Reiſiger des Auers.

Eine Magd.

Gefolge des Kaiſers. Dienſtmannen und Reiſige des Auers.
Mönche und Schüler des Kloſters Reichenau. Schüler des
Simon. Schwäbiſche Bauern und Bäuerinnen und ihre
    Kinder. Knechte und Mägde. Salerner Laſtträger.

  I. Abtheilung: Heinrichs Burg bei Ueberlingen am Bodenſee.
 II.   "   In einem Walde, nahe bei Heinrichs Burg.
III.   "   Bei Simon von Crema, in Salerno.
IV.   "   Herberge des Verticella, „Weſpenneſt" ge=
            nannt, vor Salerno.
 V.   "   Im Kloſtergarten zu Reichenau.

Zeit: Zuerſt 1191. Rückkehr Heinrichs VI. von der Kaiſer=
    krönung in Rom nach Deutſchland. Dann 1192 in
    Salerno. Zuletzt 1193 in Reichenau.

(Rechts und Links vom Zuſchauer aus.)

Erste Abtheilung.

Hof in Heinrich's Burg, im Rechteck gebaut, ringsher der erste Stock mit Lauben (offenen Holzbalkonen) versehen. — Seite Links vorne Eingang über Steinstufen zum Burggebäude. Seite Rechts vorne das große, innere Burgthor. Der ganze Innenraum des Gebäudes ist mit Weinlaub-Gehängen festlich geschmückt, und auf dem kurzen, runden Thurme, der hinter dem Mittelbaue herüberragt, weht das Banner der Auer: 3 Sperberköpfe übereinander „blau in weißem Felde." In der Mitte des Hofraumes ist eine kleine, festlich geschmückte Tafel, auf Stufen unter einem Thronhimmel aufgestellt. Dieselbe ist nur für 4 Personen bestimmt. Hinter dem Tische stehen zwei hohe, verzierte Lehnstühle, und Seite Rechts und Seite Links desselben je ein kissenbelegter Stuhl ohne Lehne.

Erster Auftritt.

Es ist früher Morgen des August-Monats.

Kunibert, Griesebart. Knechte und **Mägde** knicen im Vordergrunde, um den Morgensegen des Burgpfaffen zu erhalten. — An der Eingangspforte zum Gebäude und an dem inneren Burgthore halten je zwei Reisige Wache.

Kunibert (schließt den Segen).

Dominus pax vobiscum.

Griesebart (responsirt).

Deo gratias, Amen!

Alles (erhebt sich).

Kunibert (salbungsvoll)

Zum Letzten sei Euch gesagt,
Daß Jedes, so Knecht als Magd
Hält heute Ruh' und Stille,
Wie es des Herren Wille. —
Unser Herr Kaiser, der zu Rom
Gekrönet im Sanct Peter's Dom,
War eben auf der Heimfahrt,
Als ihn, wenn auch leichter Art
Ein Unfall traf, und er im Haus
Der Auer ruht zwei Tage aus. —
Heut' zieht er fort, und letzte Ehren
Will ihm Herr Heinrich bescheeren,
Und darum also will er haben . . .

Griesebart (fällt ihm in's Wort).

Herr, Du verstehst nicht mit Schwaben
Zu reden. Das ist All' zu lang und breit,
Und eh' Du kommst zu der Rede Schwanz,
Ha'n sie den Anfang vergessen ganz! —
(Zu den Leuten.)
Thut Eure verdammte Schuldigkeit,
Wollt nicht glotzen und gaffen,
Wie des Herrn Abtes Affen.
Kurz: thut Euch nicht wie Vieher betragen,
Sonst soll Euch das Gewitter verschlagen! —
Langt Euer Verstand das zu versteh'n?

Knechte und Mägde (lachend).

O, ja! So Gott will, soll's schon geh'n!

Griesebart.

Zu was Ihr nicht den Herrgott braucht,
Wenn Eure Kloßköpf' sind verstaucht!
Nun fort! Ein Jed's an seine Sach',
Und reitet der Kaiser, dann schreit ihm nach,
Daß bersten möchten Eure Kehlen:
Er mög' nie wieder den Bügel verfehlen! —

Knechte und Mägde (nach verschiedenen Seiten ab).

Eine der Mägde
[(welche von den Burschen in das Burggebäude gedrängt wird, schreit).

Au, der Heino hat mich gezwickt!

Griesebart (wüthend, schreit nach).

Schrei später! Hätt' er Dich nur erstickt,
Du dumme Kröte! (ruhig.) Da siehst Du Kunibert,
Daß alles Reden gar nichts werth! —

Kunibert.

Ich sollte meinen . . .

Griesebart.

Sprich nicht mit,
Wo sich's um Weiber dreht.

Kunibert.

Ich bitt' . . .
Du weißt, wie sie zum Beichtstuhl rennen!

Griesebart.

Da lernt man nicht die Weiber kennen!
Sie sagen D i r nur, was sie wollen,
Und damit — heioh — magst Dich trollen!
(Breit betonend.)
So wenig Du den Gaul im Stall,
Den wahren Streiter hinter'm Wall,
Das Schwert erschätzt in seiner Scheide,
Kennst Du, was steckt im Weiberkleide! —
Ein Tiger ist's und Lamm zugleich,
Ein Schatz, wie keiner je so reich,
Ein Unrath, wie's nicht giebt auf Erden,
Voll Muth im Tragen von Beschwerden,
An Tapferkeit dem Riesen gleich,
Ein Herz, wie eines Kindes weich,
Das Häßlichste auf dieser Welt,

Das Schönste unter'm Himmelszelt,
In Lieb' ein Engel, und im Haß ein Teufel,
Das Alles steckt im Weib ohn' Zweifel! —

Kunibert.

Den Abscheu thut es mir vermehren.
Will nie nach einem Weib begehren!

Griesebart.

Und doch — wem ein „getreu Weib" ward' zum
Lohn,
Der hat erlangt des Lebens Kron'!

Zweiter Auftritt.

Vorige. Der **Triesdorfer.** Von Seite Rechts noch im Thor.

Erster Reisiger.
(Seite Rechts, hebt dem Eintretenden den Speer vor.)

Halt an! Hier ist kein Platz
Für fahrend' Volk, mein Schatz!

Triesdorfer
(die kleine Harfe, am weiß-blauen Bande auf der rechten Schulter).

Mein Gaul steht draußen angebunden.
Hab' Einlaß überall gefunden,
Bin wie Dein Herr aus altem Stamm,
Der Triesdorfer ist mein Ehrennam'!

Griesebart (rasch zum Reisigen).

Ho, Seipo, Unthier, heb' den Speer,
Der Sänger kommt zum Rechten her! —
(Zu Triesdorfer, der eintritt.)
Verzeiht, wir haben einen hohen Gast
In uns'rer Burg . . .

Triesdorfer (lachend).

Und darum laßt
Ihr Niemand ein? Das ist verkehrt;

Denn Jeder, der da kommt, der ehrt
Den Gast — ich weiß, daß es der Kaiser ist —
Ob Gruß er bringt, ob Klag er führt zur Frist!

Griesebart.

Das wär' noch besser! Uns're Bauern thun
Mit ihren Bettelklagen niemals ruh'n.
Das gäb' ein arg' Geschrei, und Stille
Soll sein! Das ist des Herren Wille!

Tricksdorfer (mit Hohn).

Ja, Stille rings! Der hohe Herr soll glauben,
Es sei bei uns ein Ende mit dem Rauben,
Und neu gefestigt herrsche Zucht und Sitte
In uns'res deutschen Reiches Mitte!

Kunibert.

So ist es auch, Herr Singer! Traid, Wein und Kohl
Baut frei der Bauer. Ihm ist nur zu wohl!

Dritter Auftritt.

Vorige, Hanfried, Kunrad, Marie, von Seite Rechts im
Thore.

Hanfried
(zum Reisigen, der die Drei aufhält).

Laß ein mich, Seipo, hab' zu klagen
Bei Kaisers Majestät!

Griesebart zu den beiden Reisigen.)

Packt ihn beim Kragen,
Und schmeißt ihn 'naus sammt seiner Sippe,
Eh' noch ein Wort entflieht der Lippe,
Das uns're Morgenruh könnt stören!

Kunrad (schreit).

Der Kaiser soll und muß uns hören!

Griesebart (höhnend).

Er muß? Du junger, frecher Bauer,
Wo steht das? — Auf der Lauer
Lieg' ich nach Dir und Deinem Bolz',
Wenn's Wild Du stiehlst in unserm Holz.

Hanfried.

Das Holz ist mein! Es hat's mein Eidam,
Als unser lieber Gott ihn heimnahm,
(Auf Maria deutend.)
Hier seinem Kinde hinterlassen! —
Dem Herren Heinrich thät' es passen,
Es zu betrachten nur als Lehen.
Ob das zu Recht, das woll'n wir sehen!

Griesebart (schreit wüthend).

Nichts wirst Du seh'n! — Zum Thor hinaus
Mit ihm und seiner Brut! He, Seipo, Klaus,
Wenn's sonst nicht geht, setzt Eure Speere ein,
Und säubert schnell . . .

Vierter Auftritt.

Vorige, Kaiser, Constantia, Renata, Anna. Der Abt und
Heinrich, nebst Gefolge des Kaisers, kommen von Seite Links
aus der Burgthüre.

Kaiser (oben auf den Stufen stehen bleibend).

Was soll das sein?
Wollt Ihr am frühen Morgen
Hier für ein Kampfspiel sorgen?

Griesebart
(sehr erregt auf Hanfried deutend).

Der Bauernkerl erfrechte sich
Zu sagen, daß der Kaiser . . . .

Kaiser

(winkt Griesebart zu schweigen und sagt zu dem eintretenden Hanfrieb):

Alter, sprich,
Und Du sei still! — Was ist Dir, Mann,
Wo fehlt's, daß Dir der Kaiser helfen kann?!

(Steigt mit den Frauen und den Anderen 'n den Burghof hinab. Nur das
Hofgefolge bleibt auf den Stufen stehen.)

Hanfried

(bleibt ehrerbietig stehen, während Kunrad und Maria niederknieen.
Frei und offen).

Mir fehlt's, o Herr, zu dieser Zeit
An kleinem Ding. „Gerechtigkeit“
Heißt man's bei uns im Schwabenland,
Doch ist es nicht zu viel bekannt;
Denn hier gilt jener Spruch so alt:
„Noch vor Gerechtigkeit geht die Gewalt!“

Kaiser.

Da sei Gott vor! Bei mir wohl nicht;
Doch mach' ich — Wahrheit Dir zur Pflicht!

Abt.

Mein Kaiser, dieser Mann ist gut,
Von altem Stamm und treuem Blut.
Ich kenn' ihn und die Seinen lang,
Da ist die Lüge nicht im Schwang.

Heinrich

(ungeduldig, deutet auf die von Dienern eben reich besetzte Tafel).

Doch will mein Kaiser nicht geruh'n
Vorher . . . .

Kaiser (zu Heinrich).

Merk' Heinrich: Wo zu thun
Ein Richter, um Recht von Unrecht zu trennen,
Darf er das eig'ne Wesen nimmer kennen;
Denn er ist da an Gottes Statt,
Der auch im Guten nie wird matt!

(Zu Hanfried.)

So sprich nur, Mann!

(Giebt Kunrad und Maria ein Zeichen aufzustehen)

Hanfried (schlicht).

Mein lieber Kaiser,
Ich hatte Unglück; denn die Reiser
Am Baume des Geschlechts verdarben
Zu früh! Weib, Kind und Eidam starben
Eh' an der Zeit! Nur hier den Sohn Kunrad,
Und mein Enkelkind Marie, hat Gottes Gnad'
Erhalten. — Nun hat mein Eidam gebracht
In die Eh' einen Wald, den er in Pacht
Gehabt von unserm alten Herrn von der Aue;
Doch wie ich mir zu schwören getraue,
So hat er vom Vater des jungen Herrn
Das Holz gekauft, und gut und gern
An vier Pfund Haller dafür bezahlt. —
Auf Wort und Handschlag, und nicht gemalt
Auf Pergament, ging der Vertrag. In Schwaben
That Manneswort bislang mehr haben
Ein Anseh'n als alle Schreiberei! —
Nun kommt Herr Heinrich herbei
Und sagt: Das ist erlogen kurz und klein:
Der Wald sei nicht gekauft, und sein!
Da will er mich aller Wege drücken,
Und selbst der Waise that's nicht glücken
Mit ihrer Bitte, daß er thut
Ihr lassen das einz'ge Hab' und Gut! —
Nun frag' ich Dich, Herr Kaiser, nimmst Du an
Für wahr das Wort von einem schlichten Mann,
Der in Ehren geworden grau und alt,
Bei Kaiser und Reich stand, wo es galt,
Der mit Deinem Vater Rothbart gezogen
In's heil'ge Land, und als die Wogen
Des Saleph ihn zwangen, nachsprang als alter Ferge,
Daß er den theuren Leichnam berge!
Doch das hätt' gethan jeder andere Knecht —
Das gilt hier nicht — ich heisch' mein Recht! —

(Tritt zurück.)

Kaiser (zu Heinrich).

Mein Auer, hörst Du denn nicht,

Daß da die laut're Wahrheit spricht?! —
Es kann sich Keiner je bereichern,
Thut er der Waisen Gut aufspeichern
In eig'ner Scheuer! Ich rathe Dir gut,
Gieb gleich zurück mit frischem Muth
Dem lieben Kinde das, was sein,
Sonst nahet Dir Gewissenspein!

Heinrich (leicht).

Mein Kaiser, es handelt sich nicht um den Wald
Allein; denn den verschmerzt' ich bald;
Er birgt jedoch das beste Wild
Rings in dem schwäbischen Gefild,
Und dem Bauer ziemt nicht auf Edler Weis'
Der Jagd obliegen mit allem Fleiß,
Wie es der Kunrad dort gethan!
Nur deshalb gab's zwischen uns den Spahn! —

Kaiser.

Es scheint, Du willst von mir begehren,
Daß ich dem Manne soll verwehren
Auf eig'nem Grund und Boden zu schalten,
Wie ihm es taugt?! Für Recht zu halten
Solch' Unrecht, darfst Du nicht verlangen
Von mir; denn nicht durch Reden gefangen
Nahm mich der Alte, sondern unbewußt
Gabst selbst Du zu, daß nur die Lust
Am Jagen Dich zum Unrecht trieb!

Constantia (zu Heinrich auf Maria deutend).

Nun seht Euch an das Mägdlein lieb.
Ist denn das Wild, das Ihr begehrt,
Nur eine einz'ge Thräne werth,
Die aus solch' treuen Augen quillt,
So unschuldsrein und engelmild?!
Ein Wais'lein ist sie obendrein,
Da muß Verzicht ein Leichtes sein!

Maria (unschuldvoll einfach).

O, liebe, gute Kaiserfrau,
Ganz anders ich die Sache schau
Als wie mein Ahne; denn dem Herrn
Gönn' ich die Jagdlust herzlich gern. —
Er mag sie oft und freudig üben,
Nur soll er nicht mein Anrecht trüben;
Denn nichts besitz' ich sonst auf Erden,
Und müßt' zur ärmsten Dirne werden!

Heinrich (der mit Renata sprach).

Ich bleib' dabei, der Wald ist mein,
'So lang der Bauer keinen Schein
Für jenen Kauf mir bringen kann!
Auch ich steh' auf dem Recht als Mann,
Und wenn der Kunrad wieder jagt,
Auf eigene Gefahr er's wagt!

Kunrad (höhnend).

Das heißt: Du willst mich niederschießen
Mit Deinem Bolzen? — Nicht verdrießen
Laß Dich's! Ein Bauer weniger auf der Welt
Bei solchen jungen Herrn nicht zählt!

Anna.

Du redest gottlos, Kunrad!

Abt.

Das sag' auch ich;
Denn solches Thun liegt sicherlich
Dem Heinrich weit, der Gottesfurcht gelernt
Von mir, und vom geraden Weg sich nicht entfernt!

Heinrich (aufbrausend).

Und doch will ich bekennen offen:
Daß Kunrad hier das Richtige getroffen!

Kaiser (im Zorne).

Steht's so um Dich? Dann habe Acht,
Daß Du nicht wirst zu Fall gebracht!

(Zu seinem Gefolge. von dem ein Page abgeht)

Laßt satteln! — Keinen Augenblick
Bleib' ich in diesem Heim zurück!

(Zu Hanfried.)

Der Mann, der meinem Vater weiht' sein Leben,
Wird gern ein Morgenbrod uns geben!

Anna (flehend).

Herr Kaiser, wollt uns so nicht kränken!

Kaiser.

Euch thu' ich alle Ehre schenken;
Doch Euer Sohn. der trotzig steht, verdrossen,
Mag sich erwählen and're Tischgenossen!

Hanfried
(hat Kunrad etwas zugeflüstert und dieser läuft fort).

Mein Herr und Kaiser, diese Ehr'
Vergißt in Schwaben Keiner mehr!

Maria
(nach einem schmerzhaften Blicke auf Heinrich).

Doch mir verkrampfet sich das Herz,
Seh' ich Herrn Heinrich steh'n in Schmerz
Und Scham; denn um mich nied're Magd
Habt Ihr, Herr Kaiser, ihm die Huld versagt!
Was bin ich werth, daß also es soll sein?
Viel lieber duldet' ich die ärgste Pein,
Als daß er trauernd steht!

Abt (zu Heinrich).

Ein Kind beschämt Euch! Heinrich, seht,
Nun heißt es: Starrer Hochmuthssinn,
Fahr' vor der Unschuld Fleh'n dahin!

(Da Heinrich unbeweglich bleibt, sehr ernst.)

Herr Heinrich, wollt Ihr Gott versuchen? —
Ich mag nicht drohen oder fluchen;
Doch rath' ich, thut in Euch ausrotten
Den Teufel! — Gott läßt Sein nicht spotten!

Kaiser.

Genug! (Er bemerkt den Triesdorfer.) He, edler Minne-
sänger,
Willst Du verweilen hier noch länger,
Wenn auch Dein Kaiser Abschied nimmt?

Triesdorfer.

Wenn mir das Herz im Busen grimmt,
Dann muß ich sagen, — frei und frank —
Was drinnen wühlt, wenn auch kein Dank
Mir sollte werden, und der Herr vom Haus
Mich weis't aus seiner Thür' hinaus! —
Gottlob ist noch die Poesei
So mächtig, daß ein Conterfei,
Das sie als Spiegel auf thut stellen,
Erschreckt den wildesten Gesellen!

Heinrich (derb).

Brauch' Deine Kunst nicht! Hemm' den Drang,
Laß andern Ort's ertönen Deinen Sang,
Nach dem ich niemals hab' begehrt!

Triesdorfer (stolz).

Vergiß nicht, daß ich trag ein Schwert
An meiner Seit', und daß ein Edelmann
Dem andern Wahrheit sagen kann
Im scharfen Spiel, wenn ihm das leichte
Zu klein und unbedeutend däuchte!

Heinrich (mit ironischem Lachen).

Du drohst mir? Nun, bei meiner Treu',
Das ist ein Scherz mir völlig neu,
Und daß mein Herr und Kaiser sieht,
Ich kann auch halten Ruh' und Fried',

Wenn mich ein Edelmann thut höhnen,
Sag' ich: Bleib hier und laß' ertönen
Dein Lied, das aller Weisheit voll,
Mich Sünder baldigst bessern soll!

Kaiser (zu Triesdorfer).

Wie nenn' ich Dich?

Triesdorfer (verneigt sich).

Triesdorfer, Herr,
Bin ich genannt! Trägst Du Begehr
Nach meinem Sang, im Land der Franken oder
Schwaben
Kannst leicht Du Kunde von mir haben!
(Der Page erscheint im Burgthore wieder.)

Kaiser (mit Humor).

Der Knabe winkt, wohlauf zu Pferde!
Der Hunger macht uns sonst Beschwerde,
Und das wird immer gleich gemein
Dem Kaiser, wie dem Bauer sein!
(Zu Anna.)

Lebt wohl, Frau Anna, und nehmt an
Den Dank für das, was Ihr gethan!

Constantia
(hängt die eigene Goldkette Frau Anna um).

Nehmt dies als Zeichen uns'rer Huld,
Wir bleiben stets in Eurer Schuld!

Anna
(kann nicht sprechen und küßt der Kaiserin die Hand).

Abt
(wendet sich nochmals an Heinrich).

Nun, Heinrich?!

Heinrich (verneigt sich).

Wenn — sonst der Kaiser mein
begehrt,
Ihm ist mein Leib, mein Gut, mein Schwert

2

Kaiser (kurz).

Schön Dank! (Zu den Frauen.) Nun soll uns schmecken
Des Bauern Brod, wie Weihnachtswecken,
Und seine Milch soll uns Falerner sein,
Und glatt eingeh'n wie süßer Wein!

Hanfried.

O, Herr, es hat auch Wein der Bauer,
(Kratzt sich hinter dem Ohre.)
Er ist nur ein klein wenig sauer! —

Constantia.

Wenn die Maria ihn uns reicht,
An Süße er dem Besten gleicht!

Kaiser.

Wohlauf! Wir müssen heut' noch reiten
Gen Ulm! — Herr Abt, wollt' uns begleiten,
Daß mit uns zieht des Himmels Segen,
(Halb zu Heinrich.)
Den wir gebrauchen aller Wegen!

(Kaiser, Kaiserin, Abt, dann Renata und Heinrich, zuletzt in einiger Ent-
fernung das Gefolge gehen Seite Rechts durch das Burgthor ab. Ganz
zuletzt Hanfried und Maria.)

Renata (im Fortgehen zu Heinrich).

Habt einen starken Sinn! Und das gefällt
Vor Allem mir auf dieser Welt!

Heinrich (leise).

O, Huldin, nehmt als Ritter an
Den armen, deutschen Edelmann!

Renata.

(am Thore stehen bleibend, gleichsam von Heinrich Abschied nehmend).

Es sei, und hier von meiner Hand
(Sie streift einen Ring vom Finger und geht ab.)
Dies Ringlein als ein Unterpfand!

(Alles Gefolge ab.)

Fünfter Auftritt.

Anna, Heinrich, Triesdorfer, Kunibert, Griesebart.

Anna

(welche ihren Sohn fortwährend beobachtet hatte).

Ein böser Engel war zur Seite Dir,
Das sagt mein ahnend Mutterherze mir.
O, Heinrich, geh' in's stille Kämmerlein,
Und kehre bei Dir selber ein!

Heinrich (ausbrechend).

Einkehren? Ja, das will ich bei dem Auer,
Auf daß verfliegt der ganze Kaiserschauer!

(Ruft.)

He, Wein her! Mächtig soll er fließen!
Triesdorfer sing', und laß Dich's nicht verdrießen,
Daß Du so dienst dem schwäb'schen Edelmann,
Der Kaiser auch wie Jener werden kann;
Denn in dem weiten, deutschen Reich
Hat Anrecht jeder Edeling ganz gleich,
Trotz Ghibellinen oder Welfen,
Auf's Kaiseramt, wenn die Kurfürsten helfen!

(Knechte kommen mit großen Krügen voll Wein.)

Anna.

Du bist von Sinnen, Heinrich, und ich gehe,
Im Herzen zu verschließen all' mein Wehe!

(Seite Links in die Burg ab.)

Sechster Auftritt.

Heinrich, Triesdorfer, Kunibert, Griesebart, die vier
Reisigen schleichen einer nach dem andern fort.

Heinrich (wild).

Herunter mit der Tafel auf die feste Erde,
Hoch droben wackelt sie, und viel Beschwerde

2*

Macht's dann, sich festzuhalten,
Wenn frei die Feuergeister walten!

Griesbart

(singt, während er die Knechte anweist, daß sie die Tafel und die Stühle vor
der Mitte der Estrade aufstellen).

Hei, Oben ist Unten, und Unten ist Oben,
Kein Herr soll den Tag vor dem Abend loben!

Kunibert (für sich).

Sie fliegen um das Licht wie Motten,
Vergessen: Gott läßt Sein nicht spotten!
(Laut.)
Verzeiht, Herr Heinrich, wenn ich scheide,
Die Mutter trösten gilt's im Leide.
(Seite Links in die Burg ab.)

Siebenter Auftritt.

Heinrich. Triesdorfer. Griesbart. Knechte.

Heinrich

(auf Triesdorfer und den abgehenden Kunibert deutend).

Zwei Pfaffen, die pred'gen in Einer Kapelle,
Die packen zuletzt sich selber bei'm Felle.
(Stürzt lachend einen Becher voll Weins hinab, zu Triesdorfer..)
Ich hab' an Deiner Predigt genug!
Nun setz' Dich, trink', sag' Deinen Spruch!
(Er stößt den einen der beiden hohen Stühle um und setzt sich an die Mitte
der Tafel.)

Triesdorfer

(setzt sich an die rechte Kurzseite)

Ein kleines Märlein will ich nur erzählen,
Die Nutzanwendung magst Du selber wählen!

Heinrich (zu Griesbart).

Setz' dich zu uns, mein Griesebart,
Bei'm Trinken gilt nicht Nam' noch Art!

Griesebart
(macht einen Kratzfuß und setzt sich frech an die linke Seite der Tafel.)

Viel Dank, o Herr! Schon mancher Knecht
Ist worden so zum Ritter echt! —

Triesdorfer
(leert einen Becher, steht auf, stimmt seine Harfe, und beginnt).

Als Kaiser Friedrich Rothbart kam
Durch Sachsen einst,*) da nahm
Er Unterstand bei einem Hohen,
Der ihn vormalen thät bedrohen. —*
Des Rothbart's edles Herz es barg
Gen seinen Gastwirth gar kein Arg,
Und ruhig schlief er ein zur Nacht,
Von seinem Hündlein nur bewacht. — —*
Das Hündlein nannte er „Gewissen“,*
Weil jederzeit es war beflissen,
Den Herrn zu warnen auf Schritt und Tritt,
Und nahm er's selbst in's Bette mit. —*
„Gewissen, gieb Dich nur zu Ruh'!“
Rief oft im Scherz dem Hund er zu! —*
Nun hatte der Edle einen Knecht bestellt,
Den er bestochen durch vieles Geld,
Mit Kaiser Rothbart zu machen ein Ende,
Und gleich zu flüchten gar behende. —*
„Gewissen“ lag dem Kaiser zu Kopf,
Und als der mörderische Tropf
Sich an die Kammerthüre schlich,
Da rührte das kluge Hündlein sich. —*
„Gewissen, Du findest gar nimmer Ruh'!“
Rief Rothbart dem Hund heut' wieder zu. —*
Da stutzte der Mörder;* doch er trat
Entschlossen in die Kemenat. —*
Mit Eins sprang's Hündlein ihm in's Gesicht:
Der Kaiser fährt auf; doch eh' er spricht,
Heult eine Stimme: „Mich hat's Gewissen,

---

*) Der Stern bedeutet, wo ein Harfenschlag eintritt.

Gott straf' mich, in das Maul gebissen!"*
Und nieder kniet der Kerl mit Fleh'n:
„Herr Kaiser, will Alles gern gesteh'n,
Nur nehmt des Gewissens große Qual
Mir ab!"* Der Rothbart senkt nun seinen Stahl,
Und sagt dann lachend: „Wen gepackt
Gewissen hat, den beißt und zwackt
Es ohne Rast und ohne Ruh
Bis an sein Ende immer zu!"*
Der Kerl, der dacht': Am Maul blieb hängen
Das Thier, schrie nun mit Drängen:
„Dann thut, Herr Kaiser, den Kopf mir spalten,
Der Schmerz ist nicht mehr auszuhalten!" —*
Da rief der Rothbart sein Hündlein ab,
Dem Schuft er aber in den Hintern gab
Einen mächt'gen Tritt,* und schrie: „Geselle,
Nun jage Gewissen Dich zur Hölle!" —*
Der Kerl lief fort mit Heulen und Schrei'n,
Gewissen bellt' lustig hinterd'rein!*

(Setzt sich und trinkt.)

Heinrich

(der fortwährend getrunken und gelacht hat, sagt nach dem letzten Harfen=
schlag rasch:)

Du kommst mit Deiner lustigen Mär',
In meinem Sinnen mir nicht verquer,
Denn weißt Du, was ich darinnen fund? —
Es ist das Gewissen ein bissiger Hund,
Den man sich muß vom Leibe halten,
Dann kann ein Jeder, wie er will, schalten!

Griesebart (trinkt).

Das ist ein rechtes Manneswort:
Hui auf, Gewissen, flieg' nun fort!

Triesdorfer.

Und wahr soll sich mein Wort erweisen:
Euch Beide wird das Hündlein beißen!

Heinrich.

Hoho! Laß' die Salbaderei!
Und rasch die Würfel nun herbei!

Griesebart

(zieht die Würfel aus der Tasche und thut dieselben in einen Becher, schüttelt
den Becher)

Dies Klappern ist von schöner'm Klang,
Als Deine Mär', Dein Singgesang. —

Heinrich (zu Triesdorfer lustig).

Blank Geld bringt nicht viel ein Dein Fabeln,
Drum sag': Um was willst Du hier zabeln?

Triesdorfer (mit tiefem Ernste).

Um Deine Seel', daß sie auf Erden,
Durch Leiden mag geläutert werden!

Heinrich (übermüthig).

Du wünsch'st mir also Noth und Pein?

(Reißt Griesebart den Becher aus der Hand.)

Komm' her, auch darum mag' es sein! —
Werf' ich zu drei Mal kleinsten Pasch,
Dann soll der reiche Heinrich rasch
Zum armen Heinrich sich verwandeln . . .

Achter Auftritt.

Vorige, Anna, Kunibert.

Anna

(welche, aus der Thür Seite Links kommend, die letzten Reden hörte, fällt
ihrem Sohne in's Wort;

Leichtsinnig ist wie stets Dein Handeln!

(Kommt herab mit Kunibert.)

O, Heinrich, hör' der Mutter Wort,
Und wirf den eitlen Hochmuth fort!

(Diener schleichen Seite Links ab.)

Heinrich (wirft, zornig).

Zum Teufel, laßt mich ungeschoren;
Der erste Wurf ist schon verloren! —
(Leert einen großen Becher.)

Kunibert.

O, haltet ein, Herr, das Gesind' im Haus,
Es tobt in Völlerei und Braus!

Griesebart (immer trinkend.)

Die Mägdlein und die muntern Knaben
Woll'n auch ein Kaiserfest heut' haben!

Heinrich (wirft).

Der zweite Pasch ist wieder gut!

Anna.

Kommt, Kunibert, bringt mich in Huth
Zu unser'm Dienstmann, wo der Kaiser weilt!
(Geht mit Kunibert nach Seite Rechts.)

Heinrich (spottend)

Ich bitt' Euch herzlich nur, beeilt
Euch dann, der Kaiser will bald weiter reiten,
Ihr könnt ihn mit der Klag' begleiten! —

Anna (unter'm Thore sich wendend).

Noch Spott? — Von Dir, den ich getragen
unter'm Herzen,
Scheid' ich mich hier mit herbsten Schmerzen,
Verfalle Gottes höchstem Zorn,
Bis einst Dich reint sein Gnadenborn.
(Seite Rechts mit Kunibert.)

Neunter Auftritt.

Vorige, ohne Anna und Kunibert, später Erster Reisiger.

Heinrich (etwas betroffen).

So sind sie nun, die alten Frauen,

Die in der Mück' den Adler schauen! —
Nun kommt der dritte Wurf . . .

Triesdorfer
(faßt Heinrich, während er wirft, bei dem Arme.)

Halt' ein!

Heinrich (hat trotzdem geworfen.)

Da schlag' das Donnerwetter d'rein,
Der Wurf gilt nicht!

Triesdorfer (aufstehend).

O doch, er gilt;
Denn nimmermehr bin ich gewillt,
Das Spiel um — Nichts hier fortzusetzen!

Heinrich (auffahrend).

Ich glaub', Du willst mich gar verletzen,
Und meine Seel' als — „Nichts" hinstellen?

Griesebart
(der immer getrunken hat, taumelt auf).

Gieb's heim dem fahrenden Gesellen!
(Sinkt unter den Tisch.)

Heinrich.

Nimm rasch Dein Wort zurück!

Triesdorfer (fest).

Niemalen!

Heinrich (reißt sein Schwert heraus).

Ich will vertreiben Dir Dein Prahlen!
Du hergelauf'ner, schlechter Gauch!
(Er haut nach dem Triesdorfer.)

Triesdorfer
(weicht dem Hiebe aus, packt Heinrichs Hand und entwindet derselben das
Schwert, welches er weit fortwirft.)

Gen solchen Trunkenbold, da brauch'
Ich nie mein ritterliches Schwert!

Heinrich

(hat seinen Dolch gefaßt und will zustoßen).

Du Strolch . . .

Griesebart (faßt Heinrich am Bein)

Er ist es . . . gar nicht . . . werth . . .

Heinrich

(stürzt und fällt mit der linken Hand in die eigene Waffe).

Verfluchter Hund . . . zu Hülf' . . . er will mich
morden!

Triesdorfer (mit verachtungsvoller Geberde).

Ich steh' Dir Red', wenn nüchtern Du geworden!

(Ab Seite Rechts.)

Erster Reisiger

(erscheint Seite Links in der Burgthüre und ruft dem nachdrängenden Ge-
sinde zu).

Sie liegen unter'm Tisch, sind vollgesoffen?
Nun, Kinder, kommt, der Keller steht uns offen!

(Unter allgemeinem Jubel eilen Alle in die Burg zurück.)

Zehnter Auftritt.

Heinrich. Griesebart. Der Ueberlinger Hans.

Hans

(von Seite Rechts durch das Burgthor scheu eintretend. Er ist in der Gugel
der Aussätzigen. Ein kurzer Radmantel mit Kapuze, in welcher für die
Augen und den Mund Löcher eingeschnitten sind. Schwer sprechend).

Das Fest scheint schon zu Ende. (Sieht sich um.)
Des Kaisers heilige Hände,
Sagt man, sie machen frei
Von Pest und auch von Malezei!
Ich wollte knieen vor seinem Thron —

(Den Thron betrachtend.)

Der steht nun leer — der Helfer ist davon!

(Sieht den Wein auf der Tafel.)

Da ist ein and'rer Helfer! Noth und Pein
Verschwinden in dem Dunst vom Wein!

(Die beiden am Boden Liegenden bemerkend.)

Die sagen nichts. (Horchend.) Da drinnen Spiel und
Tanz —?
(Stürzt sich wie ein Thier auf einen Krug.)
Nun sauf' Vergessenheit, Du armer Hans!
(Er trinkt in vollen Zügen, bis der Krug leer ist und greift nach einem
anderen.)

Heinrich (stöhnend).

O, Kunibert, verbind' die Wunde mir!

Hans (sieht näher zu).

Herr Heinrich? Er liegt im Blute hier?
(Er eilt zur Burgthüre und schreit ins Haus.)
He, holla, kommt!

Reisiger (von innen).

Komm' Du herein!

Hans.

Die hören nicht vor Toben und vor Schrei'n!
(Kommt herunter zu Heinrich, kniet nieder, reißt einen Theil seines Kragens
ab und will Heinrichs Hand damit verbinden.)
Eh' er verblutet . . .
(Umwickelt Heinrichs Hand mit dem Lappen.)

Heinrich (sich halb aufrichtend).

Bist Du's, Griesebart?

Hans (hilft Heinrich, sich mehr aufrichten).

Nein, Herr, den Ihr zur Hülf' gewahrt,
Es ist der arme Hans von Ueberlingen . . .

Heinrich

(seinen Dolch fassend, springt entsetzensvoll auf, reißt den Verband ab und
schreit, nüchtern geworden).

Der Ueberlinger Hans? Die Malezei?
Von Gott gezeichnet . . . ist's mit mir vorbei! —
(Er ersticht Hans und sinkt ohnmächtig auf dessen Körper zusammen.)

Der Vorhang fällt.

———

Zweite Abtheilung.

Finsterer, felsiger Wald im Hintergrunde. Seite Links vorne
der Eingang zu einer Felsenhöhle, vor der drei abgestorbene
Tannen stehen, welche miteinander durch Stricke verbunden
sind, so daß ein kleiner abgesperrter Raum vor der Höhle
entsteht, auf deren Höhe ein weißes Kreuz sich befindet.
Die Sonne neigt sich zum Untergange, und wirft einige
Lichter über die Scene und auf den Eingang zu der Höhle.

Erster Auftritt.

Hanfried und **Kunrad.** Der Alte mit Speer, der Junge mit
Armbrust bewaffnet und erlegtes Wild tragend, treten von
Seite Links hinten auf.

Kunrad
(will rasch und scheu an der Stelle vorüber nach Seite Rechts zu.)

Hanfried (hält seinen Sohn zurück).

Gemach, mein Kunrad, nur gemach,
Mein Fuß ist müd', kommt Dir nicht nach!

Kunrad.

Bleibt hier an diesem Ort nicht steh'n,
Wo gift'ge Lüfte ringsher weh'n!

Hanfried.

Pah, lauter Dummheit, lieber Junge.
Die Malezei geht auf die Haut, nicht auf die Lunge,

Und hätt' der Hans Herrn Heinrich nicht berührt,
Dann hätt' der nie die Malezei gespürt.

Kunrad (höhnisch).

Nun hat er seinen Wald, nur anders, wie er
dachte;
Als_er uns damals in die Zähne lachte,
Und hockt so recht in seiner Mitte d'rin!

Hansfried.

Pfui, Kunrad, das beweiset schlechten Sinn,
Wenn man des Jammers spottet. Da sitzt er jetzt,
Wie eine Eule, die sich hat verletzt
Den Ständer, einsam in dem Felsenloch,
Und sei's, wie's sei: Der Herre ist er doch,
Den freilich Unheil hat so schwer getroffen,
Daß keine Rettung jemals steht zu hoffen. —
Laß Dir's gesagt sein, daß der Uebermuth
Bei Hoch und Nieder nimmermehr thut gut. —

Kunrad
(scheu nach der Höhle blickend, leise).

Ich hab' ihn nicht geseh'n; doch Kunibert besagt,
Daß ihn die Malezei hat überall benagt,
Nur im Gesicht nicht, (Lauter.) und er die Kapuze
Blos trägt, daß sie ihm dient zum Schutze,
Um Grimm und Scham vor Allen zu verstecken!

Hansfried.

Sei still! Er schläft vielleicht, thu' ihn nicht
wecken;
Denn unser Anblick schon brennt ihn wie Nesseln,
Und könnte leicht die Wuth in ihm entfesseln,
Daß er trotz Aberacht und Bann
Uns durch Berühren elend machen kann!
Nun komm', die Sonne ist im Scheiden,
(Zur Höhle.)
Mag ihm die Nacht Vergessen sanft bereiten.
(Beide Seite Rechts vorne ab.)

Zweiter Auftritt.

Griesebart, dann Heinrich.

Griesebart

(von Seite Links hinten, er trägt in der Rechten einen langen, von Blättern
entblößten Baumzweig, der in einer Gabel oben endet).

Da geh'n sie hin, die Schufte, reich beladen,
Und rächen darf ich nicht den großen Schaden.

(Nachdrohend.)

Na, wenn die Botschaft, die ich bringe, nützt,
Dann wird auch Wald und Wild vor Euch be-
schützt! —

(Er geht auf die Höhle zu, bleibt aber in Mannslänge von der Einfriedigung
stehen. Ruft zaghaft:)

Herr Heinrich! (Pause.) Er hört nicht, oder will
nicht hören!

(Lauter.)

Mein lieber Herr . . . nicht Eure Ruh' zu stören,
Kommt Griesebart.

Heinrich (in der Höhle).

Verruchter, hebe Dich von dem Verfluchten,
Sonst treff' Dich selbst mit allen Wuchten
Das Unglück, das Du über mich beschworen,
Weil Deine Sinne all' Du hatt'st verloren!

Griesebart (für sich).

Daß er nicht wußte weder aus noch ein,
Verschweigt der Herr natürlich fein!

(Laut.)

Herr Heinerich, ich gäb' mein Leben gleich
Wenn Ihr mich nicht gesetzt zu Euch;
Denn wo die Herr'n in Fehler geriethen,
Will sie der Knecht gleich überbieten. —
Doch kommt heraus, ich bringe Kunde
Von einem wunderholden Munde,
Das heißt, von einer schönen Hand
Ein Brieflein, worin der Kunibert fand

Ein Mittel, wie Ihr könnt genesen. —
Da aber wir Zwei nicht lernten lesen,
So hat mir Kunibert Wort für Wort
Fest eingebläu't. Er darf nicht fort
Von Eurer Mutter, die vor Graus,
Sich über das Mittel die Haar' rauft'. aus!

Heinrich
(erscheint in der Gugel vor der Höhle).

O, Rettung, Rettung, was es auch sei,
Ich geb' all' mein Gut dagegen frei!

Griesebart
(legt das Briesblatt auf die Gabel des Zweiges und reicht es so Heinrich aus
der Ferne hin.)

Ihr sollt das Blatt befühlen und beschauen,
Das von Renata kommt, der holden Frauen! —

Heinrich
(erfaßt hastig das Pergamentblatt und drückt es an seine Lippen).

Sie nimmt von mir die herbe Pein,
Von ihr kommt Rettung ganz allein!

Griesebart
(knickt den Zweig vorsichtig und wirft ihn weg).

Das möchte ich nun nicht beschwören;
Doch urtheilt selbst, wenn Ihr thut hören. —
(Als ob er einen Brief lese.)

„Herr Heinrich, es ist in meinem Land
Ein Mittel gegen Miselsucht bekannt,
Das Wunder wirket allsogleich,
Doch d'rob entsetzet nimmer Euch! —
Wenn eine Jungfrau, rein und zart,"
(Bei Seite)
Sie muß nicht sein von dieser Art,
(Laut.)
„Aus Mitgefühl für Euer Leiden
Das Herz sich aus dem Leib läßt schneiden,
Mit dessen warmen Blut bestreichen
Man Euch dann thut, wird's Uebel weichen!

Doch muß sie sich aus eig'nem Trieb versteh'n
Zum Opfer, sonst ist es umsonst gescheh'n!
Der Meister Simon, der in Salerno zu Haus,
Führt gern ein solches Kunststück aus! —
Ich gäbe gleich für Euch mich her,
Doch liebe ich Euch allzusehr,
Und weiß es auch, daß meine Noth
Euch selber brächte bittern Tod! —
Seht zu, daß eine Bauernmagd,
An der nichts liegt, für Euch es wagt,
Ihr nied'res, unbedeutend Leben
Aus freien Stücken hinzugeben. —
Seid Ihr erst rein von Eurem Leiden,
Dann winkt ein selig Glück uns Beiden!"

(Verschnauft.)

Herr Heinrich, sagt: Für einen Schwaben
Thu' ich ein gut Gedächtniß haben?! —

Heinrich

(der auf das Blatt starrte, murmelt:)

Ich wüßte wohl . . . (Laut.) Geh' fort, laß mich
allein,
Es giebt sich Niemand her zu solcher Pein. —

Griesebart

(sieht Seite Rechts in den Wald).

Da kommt Maria mit dem Abendbrod. —

(Bei Seite.)

Die ging für ihren Herren in den Tod;
Doch nach dem Kind soll die ital'sche Katze
Vergebens strecken ihre schlimme Tatze.
Dem Hanfried will ich stecken es sofort,
Mein Hund „Gewissen" scheut vor solchem Mord! —

(Ab Seite Rechts.)

Dritter Auftritt.

Heinrich, Maria, von Seite Rechts mit einem Korbe.

Maria (spricht Griesebart nach).

Schön' Abend, Griesebart. Mach' kurze Schritt',
Es nachtet schon, und nimm gen heim mich mit! —
(Zu Heinrich.)
Herr Heinrich, seid Ihr da? Ich bringe
Wie immer, lauter gute Dinge! —
(Setzt den Korb hin.)

Heinrich (nimmt den Korb).

Das Beste was Du bringst, es kann nicht reichen
An Deine Lieb' und Güte sonder Gleichen. —
(Trägt den Korb in die Höhle.)

Maria.

Wenn seine Stimme ich nur vernimm',
Entsteht in mir ein Aufruhr schlimm.
Es zieht mich an, und stößt mich ab,
Hebt mich zum Himmel, stürzt mich in's Grab;
Könnt weinen vor Schmerz und jauchzen vor Lust,
Bin meiner selber gar nicht bewußt,
Und wenn ich erst sein Antlitz seh',
Verschwindet die Höll' sammt all' ihrem Weh! —

Heinrich
(kommt aus der Höhle und steckt eine brennende Kienfackel an die mittlere
der abgestorbenen Tannen. Er hat die Gugel entfernt).

Maria, Du liebes, unschuldiges Kind,
Wie nimmer ein Gleiches man wieder find't,
Nicht wie die Andern scheuest Dich
Vor mir, dem armen Heinerich,
Dem's besser wär', er läg' im Grab'.

Maria (starrt in verzückt an).

Und doch ich heimliche Hoffnung hab',

3.

Daß Gott in seinem großen Erbarmen
Auch Rettung weiß für Euch gar Armen.

Heinrich (heuchlerisch).

Ich that nur meinen Lohn empfah'n
Für all das Unrecht, das ich gethan,
Und mein leichtfertig Lotterleben,
Dem ich mich Tag und Nacht ergeben,
Und das — hätt' Gott nicht ein End' gemacht —
Mich so um meine Sinne gebracht,
Wie den armen Hans, den ich erstochen,
In dessen Höhl' ich nun gekrochen. —

Maria.

Das war wohl Euer schlimmstes Beginnen!
Denn Hans war nur zu Zeiten von Sinnen.
Ich weiß das gut. Vor And'rer Hatzen
Beschirmt' ich ihn, und durfte atzen
Ihn so wie Euch; denn seht, der Ahne
Ist nicht befangen von dem Wahne,
Daß schon die Luft der Malezei
Dem Menschen arg gefährlich sei. —
Der Hans wünscht' nur an jenem Tag,
Daß der Schatten des Kaisers auf ihm lag;
Denn dadurch würde er gesund!
Nun traft ihr ihn zu Tode wund,
Da ist er freilich ganz genesen!

Heinrich.

Er ist zwar vogelfrei gewesen;
Doch war ich nicht Herr der Sinne mein,
Sonst hätt' ich sicher geschonet sein! —
Ach, daß ich vorschnell in Allem war,
Das wird mir nun mit Schmerzen klar,
Und glücklich bin ich, daß ich an Euch
Mein Unrecht konnte sühnen gleich.
Der Wald, in dem ich bin begraben,
Wird nun in Euch die Herrin haben,
Und daß kein Streit das mehr kann wenden,

Thät meine Mutter die Urkund' senden
An Hanfried . . .

Maria.

O still! Mein bischen Leben
Hätt' gern ich darum hingegeben,
Wenn nicht mein Ahne stellt' die Klag',
Worin das ganze Unheil lag. —
Vor Gott knie' ich bei Tag und Nacht,
Weil ich durch meine Schuld gebracht
Euch hab' in diese harte Noth,
Und fleh', daß er mir schickt den Tod!
(Sie sinkt weinend in die Kniee.)

Heinrich (nach einer Pause).

Ja sieh', das ist gar schnell gesagt;
Doch hätt' . . . ein weiser Mann gefragt:
„Willst Du, um den . . . Hans zu erretten,
Dein jung, unschuldig Leben verwetten,
So daß . . . mit Deinem Blut bestrichen,
Die Malezei von ihm gewichen?"
Du gäbst die Antwort sicher: „Nein!
Da mag er lieber tragen die Pein!"

Maria (hat hoch aufgehorcht).

Ist das die Wahrheit, die Ihr sprecht?
Könnt' ich mit meinem Blute schlecht,
Die fürchterliche Krankheit bannen?

Heinrich.

Weis' den Gedanken weit von dannen!
Kein Mensch auf dieser weiten Erde
Ist werth, daß so erlöst er werde!

Maria (aufspringend).

O doch! (leise.) Ich kenne Einen,
Für den ich ohne Schrei'n und Weinen,

Das Herz mir schneiden ließ mit Lust
Im Augenblick' aus meiner Brust!

Heinrich.

Versteh' ich Dich? — O, weiche fort
Von diesem fluchbelad'nen Ort,
Der solche sündige Gedanken
In Deiner Seele auf läßt ranken! —
Auch nicht ein einzig Tröpflein Blut
Von Dir zu schau'n, hätt' ich den Muth,
Um meiner Strafe zu entgeh'n!
Schnell fort, ich will Dich nicht mehr seh'n!

(Er nimmt die Fackel, die sein Gesicht hell bestrahlt, und will in seine Höhle.)

Maria.

Herr Heinrich, bleibt! Habt mit mir Armen
Nur dieses eine Mal Erbarmen. —
Für Euch geb' ich mein Leben hin.
Und halte das für Hochgewinn;
Denn Euch im Elend so zu schauen,
Ist mehr als alles Todesgrauen!

Heinrich (sich rasch Maria zuwendend).

So liebst Du mich?

Maria.

O, fragt nicht lang,
Ich folge einem inner'n Drang,
Und weiß nicht, was ich thu' und denk',

(Kniet nieder.)

Nehmt an von mir das klein' Geschenk!

(Die Hände bittend erhoben.)

Um aller lieben Heil'gen Willen,
Sagt an, wie mein Verlangen stillen
Ich kann! Im Augenblick bin ich bereit,
Zu sichern mir die Seligkeit!

Heinrich (leise).

Wär' ich so sündhaft, um zu nehmen
Dein Opfer, müßtest Du bequemen

Zu weiter Reise Dich; denn hie zu Land,
Da wär' kein einz'ger Arzt im Stand,
Solch' Ungeheu'res zu beginnen . . . .

(Wie im Entsetzen über die Enthüllung.)

Fluch mir! Maria, weich' von hinnen!

(Er eilt in die Höhle. Tiefe Dunkelheit)

Maria (aufschreiend).

O, Heinrich, bei dem Weltenend'
Beschwör' ich Dich, von mir nicht wend'
Dein liebes Antlitz! Sieh', die Nacht
Dringt auf mich ein mit aller Macht,
Bist nur ein Kleines von mir fern,
Du meines Lebens reinster Stern! —
Soll ich Dich nie und nimmer sehen,
So mag das Aergste gleich geschehen,
Und all' mein Leid und all' mein Weh
Versenk' ich in den tiefen See!

(Sie springt auf und will nach Seite Rechts abeilen.)

Vierter Auftritt.

Maria, Hanfried, Kunrad, Landleute, Fackeln tragend,
treten ihr von Seite Rechts entgegen. Die Landleute bleiben
scheu (an Seite Rechts) entfernt von der Höhle stehen. Kunrad
bei ihnen, während Hanfried auf Maria zutritt, die bis nahe
an die Einfriedigung der Höhle zurückweicht.

Hanfried (ruhig und mild).

Du armes Kind, dem seine Sinne
Geraubt die Macht der ersten Minne,
Die übermächtig, unbewußt
Sich eingeschlichen in Deine Brust,
Und die zum Schlimmen Dich will bethören,
Thu' auf mein warnend Bitten hören! —
Komm' gleich von dem verruf'nen Ort
In's stille Vaterhaus mit fort,
Da wirst Du schnell vom Wahn genesen!

Maria (aufſchreiend).

Vom Wahn?! (Gefaßter.) Und wär' es nur ein Wahn,
Der in mir lebt, ſo ſei gethan,
Was meinen Seelenſchmerz muß lindern,
Und — Keiner ſoll mich daran hindern!
(Heftiger)
Ihr, Ihr allein habt mich bethört,
Daß ich auf Eure Red' gehört,
Dem Kaiſer brachte vor die Bitt',
Der Unheil folgt', das mich nimmt mit!
Denn was in mir verborgen war,
Das wurde da mit Eins ſo klar:
Daß ohne Heinrich für mich kann's geben
Nicht auf der Welt, noch im Himmel ein Leben!

Kunrad.

Sie iſt verzaubert durch ſein glattes Geſicht,
Und Wahnſinn iſt's, der aus ihr ſpricht!

Maria (ſpottend).

Du haſt ja Deinen ſchönen Wald,
Der macht vergeſſen Maria bald,
Betrittſt Du ihn bei Nacht und Tag,
Was Dir allein im Sinne lag!

Hanfried.

Mir nicht, Maria, ich ſuchte mein Recht!

Maria.

Ihr Menſchen voll Eigennutz und ſchlecht,
Könnt nie und nimmer es begreifen,
Wie eine gute That mag reifen!
Vernehmt: Nicht ſuch' ich zu erwerben
Mir Heinrichs Lieb', will — für ihn ſterben!

Kunrad (zu Hanfried).

Ihr ſeht, die Dirne iſt von Sinnen,
Packt ſie, und raſch mit ihr von hinnen! —

Hanfried (auf sie zu).

So komm!

Maria

(weicht zurück und streckt die Rechte nach der Einfriedigung der Malezei-
Höhle aus.)

Nun stehe Gott mir bei!
Zwingt Ihr mich, soll die Malezei
Mein junges Leben auch erfassen,
Dann müßt Ihr mich gewähren lassen!

Hanfried (weicht scheu zurück).

Entsetzlich! So oder so verloren.
Wollt' Gott, Du wärst niemals geboren!

Maria (in Verzückung).

Gott hat's gewollt, denn Rettung werden
Kann Heinrich durch K e i n e sonst auf Erden!
(Kniet vor Hanfried))
Erkennt des heil'gen Schöpfers Walten,
Und wollt mit dem Segen zurück nicht halten
Für die arme Maria, die nach Gottes Gebot
Gar frei und freudig geht in den Tod! —

Hanfried (hebt Maria sanft auf).

Dich kümmert's nicht, wenn ich sink' darnieder?

Maria (wirft sich an seine Brust).

Im Himmel droben, da seh'n wir uns wieder!

Hanfried (küßt Maria auf die Stirn).

Du Mädchenseele, so kühn und stark,
Die trägt, was den Mann erschüttert in's Mark,
Magst nie und nimmer Du ersehen,
Daß — unwerth — Dein Opfer ist geschehen!
Denn sich zu opfern für das, was nicht rein,
Dagegen mag Hölle der Himmel sein! —
(Er geht mit Allen Seite Rechts ab.)

Fünfter Auftritt.

Morgendämmerung. **Maria, Heinrich** erscheint im Eingange
der Höhle.

Maria (vor sich hin).

Denn sich zu opfern für das, was nicht rein,
Dagegen mag Hölle der Himmel sein!

Heinrich (leise).

Damit ist gesprochen mein Urtheil auch,
Und all' Dein Muth verflog in Rauch!
(Er tritt in das Freie.)
Gieb freie Bahn, weich' aus geschwind,
Ich verschmäh' Dein Opfer, Du wankend Kind. —
(Lauter.)
Will über die Berge nach Welschland reisen,
Da lebt eine Freundin, die sich erweisen
Wird treu, und and're Wege mag finden,
Mich meines Jammers zu entbinden!

Maria (in erwachender Eifersucht).

Nein! Keine soll und darf es wagen,
Ich, ich allein will Alles tragen! —
Doch eh' wir geh'n, bedenkt den Schritt,
Ich nehme nur mich selber mit! —

Heinrich (rasch).

Gleich einer Fürstin sollst Du fahren!
Der Griesebart wird Dich bewahren,
Und nur von ferne folg' ich nach
Als Pilger, der von böser Schmach
Im heil'gen Rom sich will befrei'n —
Werd' stets zur Hülfe bei Dir sein!

Maria.

Nur Eines bitt' ich noch zur Stell':
Macht, daß den Ort wir finden schnell,

Wo ich mein armes, nichtig Leben
Für Eure Rettung hin darf geben! —
Kein Mensch soll wissen, woher wir kommen,
Drum kann kein vornehm Reisen frommen;
Ich wüßt' auch nicht mich so zu geben,
Daß man ein Fräulein vermuthet eben!

Heinrich.

Weiß nicht, was Dir zum Adel fehle,
Als nur das Kleid; denn Deine Seele
Die überstrahlt die Edlen weit
In all' und jede Ewigkeit! —
O, dürft' ich an mein Herz Dich drücken,
Das Du erfüllest mit Entzücken!
Ich tauschte mit dem Herrgott nicht,
In seinem Himmel stolz und licht!

Maria (weicht von ihm zurück).

Der Leichtsinn will Euch jach bethören;
Laßt nie solch' Wort mich wieder hören!

Sechster Auftritt.

Vorige, Anna, Kuntbert, Griesebart mit Fackel von
Seite Rechts.

Anna (im Auftreten).

Was mußt' ich vernehmen, unselig' Kind?
Und Du, mein Sohn, bist Du denn blind
Im Herzen, daß Dich nicht erfaßt
Ein Grauen vor solch' neuer Last,
Die Du Elender willst auf Dich laden?
Von solcher Blutthat könnt' rein nicht baden
Selbst Gottes allergrößte Huld
Dich, der in Eitelkeit d'ran schuld!
Denn Dir ist's nur darum zu thun:
In sünd'gen Armen auszuruh'n!

Maria (ausbrechend).

Was sagt Ihr da: In sünd'gen Armen?

Anna.

Ja, hör': Der Mensch, der kein Erbarmen
Mit seiner Mutter hat, entbrannt' in Lieb'
Zu einer Fremden, die ihn trieb
Zu solchem schändlichen Verbrechen ...

Heinrich.

Halt' ein, o Mutter ...

Anna.

                Laß' mich sprechen —
(Zu Maria.)
Daß Du ihn liebtest, konnt' sie seh'n;
Drum solltest Du zu Grunde geh'n! —
(Zu Heinrich.)
Doch ihre Strafe hat begonnen.
Vom kaiserlichen Ehrenbronnen
Ist sie verbannt, weil freche Streiche
Sie ausgeübt im Hofbereiche.
Ihr Fleh'n und Wimmern konnt' nichts nützen,
Nun trinkt sie aus den welschen Pfützen. —
(Zu Maria.)
Flieh rasch von ihm, der arg gesinnt;
Seine eig'ne Mutter warnt Dich, Kind!

Maria
(die in athemloser Spannung zuhörte, zu Heinrich.)

Herr Heinrich, sprecht: Ist's wahr, wie die Mutter
                      sagt?

Heinrich
(zu Maria. Immer unwahr, wie in der ganzen Scene mit Maria.)

Jawohl, und Gott sei es geklagt,
Daß ich um Deine Lieb' nicht wußt',
Als jene warf die sünd'ge Lust
Mir in das Herz! (Er zieht Renatas Ring vom Finger.)

Sieh her, der Ring,
Den von der Schlechten ich empfing,
Ich werf' ihn von mir in den Tann',
Wo er — gleich mir — vermorschen kann!

(Er geht rasch nach seiner Höhle.)

Maria.

Und schwört Ihr mir, bei Gottes Wort,
Daß der Unwürd'gen hier und dort
Ihr nie und nimmer wollt gedenken?!

Anna.

Thu' seinem Schwur nicht Glauben schenken!

Heinrich (wendet sich).

Wer sagt Euch, daß ich schwören will? —
Von jetzt ab trag' ich stumm und still
Was Gott hat über mich beschlossen!
Geht heim, und meldet den Genossen:
Daß außerhalb der Höhl' ich sei
Für einen Jeden — vogelfrei!

(Geht in seine Höhle.)

Maria (aufschreiend).

O, Heinrich!

(Sinkt dem herbeieilenden Kunibert in die Arme.)

Kunibert.

Nun komm, Maria, allsogleich!
Wie wird Dein Ahne freudenreich
In seiner tiefsten Noth nun werden,
Bring' ich ihm all sein Glück auf Erden! —

(Anna und Kunibert führen Maria fort, die willenlos geworden scheint.
Griesebart leuchtet mit der Fackel voraus.)

Siebenter Auftritt.

Heinrich, dann Griesebart.

Heinrich

(tritt nach einer kleinen Pause aus seiner Höhle und lehnt sich an die
vorderste der abgestorbenen Tannen).

Es ist vorbei! — Die welsche Tücke
Wirft mir im letzten Augenblicke,
Wo ich vor der Erlösung stand,
Das ganze Spiel hin in den Sand! —
Der Teufel hol' die Weiber all',
Sie sind nicht werth, daß einen Ball
Man wirft nach ihnen; denn er prallt
Sofort dem zu, der an Gestalt
Den Ersterkornen übertrifft!
Verdammt! Die Liebe scheint nur Gift
Für mich zu sein! (Ausbrechend.)
                    Ich wollt', es käm' bei'm Morgenroth
Der Kunrad her, und schöß' mich todt!
            (Er setzt sich auf einen Stein.)

Griesebart (von Seite Rechts athemlos).

Pst! Pst! — Herr Heinrich — seid Ihr wach?

Heinrich (wirft einen Stein nach Griesebart).

Fort, Schurke, Du!

Griesebart.

                    Na, nur gemach!
Ihr werdet gleich vor Freude springen
Ob einer Kund,' die ich thu' bringen! —
Am Heidenstein, da schlug ich hin.
Rasch wollt' ich auf, da kaum dem Sinn

Thät trauen ich, als niederdrückt
Maria mich, und tiefgebückt
Mir zuraunt: „Steh' nicht auf,
Bis fern wir sind! Im schnellen Lauf
Eil' hin zu Heinrich, sage gleich,
Daß ich für ihn das Himmelreich
Mir standhaft dennoch wollt' erwerben,
Ich sehne mich für ihn zu sterben!"
Die Mutter und der Pfaffe nahmen nun
Sie wieder in die Mitt'! Ich sollte ruh'n
Ein Weilchen, und dann hinken hinterb'rein! —
Jetzt bin ich da, sagt schnell: Was soll nun sein?

Heinrich (auffspringend).

In meiner Kemenat', da steht ein Schrank,
Den sprengst Du auf, und nimmst Dir frei und
frank,
Was Du an Werth darin magst finden,
Und thust in einen Sack es binden. —
Am Tag schleichst Du zur — Jungfrau Dich,
Die Du bestimmest sicherlich,
Bereit zu sein, mit Dir zu fliehen!
Ich werd' Euch in der Nacht nachziehen,
Beim Gallus-Kloster treffen wir zusammen!

Griesebart (mit roher Freude).

Das ist ein Plan! Und soll mich Gott ver-
dammen,
Wenn d'ran ein Tüpfelchen nur fehlt!
Lebt wohl! Frisch auf, und zählt
Auf Griesebart, dem Eure Huld
Verzeihen soll bald alle Schuld!

(Will fort, kehrt aber wieder um.)

Noch Eins: „Die Magd läßt sich's nicht wehren!"
Drum kann's den Hund „Gewissen" auch nicht
scheeren! —

(Lacht auf und eilt Seite Rechts ab.)

Heinrich (tritt aus der Ei. friedigung heraus).

Gewissen?! Ob Einer darnach fragt,
Der so wie ich vom Tod benagt,
Im Vollbesitz von Kraft und Hab'
Muß lebend liegen in dem Grab? —
Wohlauf ihr Alle, denen Macht
Gegeben ist, zu flieh'n die Nacht
Des Todes, tretet her an meine Stell',
Ob ihr Euch nicht entschließet schnell,
Zu handeln so wie ich; denn Leben,
Genießen ist doch Aller Streben! — (Kleine Pause.)
Wenn gar sich frei ein nied'res Sein
Hergiebt, den Hohen von der Pein
Zu lösen, kann kein Mensch das tadeln,
Da es sich durch das Opfer nur wird adeln! —
Maria soll ein Grabmal haben,
Wie keines man erblickt in Schwaben,
Und noch nach vielen hundert Jahren
Zieh'n hin der Pilger fromme Schaaren,
Um ihre Treue hoch zu preisen,
Die sie dem Erbherrn that erweisen! —
Ihr wird das schwere Streben geben
So hier wie . . . dort ein . . . ewig Leben . . .
(Hält rasch inne.)
Wie — schaudert mir vor diesem Wort,
Wenn ich gedenk', was wohl . . . . Der dort
Im Himmel spricht? (Wildentschlossen.) Ich bin noch
auf Erden,
Will leben, einst . . . mag's schlimmer werden!
(Lacht wie irrsinnig auf.)
Wie Rothbart rufe ich dem Hündlein zu:
„Gewissen, gieb' Dich nur zur Ruh!" (Er eilt ab.)

Der Vorhang fällt.

Dritte Abtheilung.

Gemach bei Simon von Crema. Mittelthüre. Seite Rechts
großes Bogenfenster. Seite Links die breite Thüre zum
Laboratorium und dem Anatomiesaale des Arztes, welche
durch einen großen Vorhang bedeckt ist! — In der Nähe des
Fensters ein Tisch und Stühle. — Alles höchst einfach und
nicht an den Arzt erinnernd.

Erster Auftritt.

Simon und **Renata** sitzen an dem Tische.

Renata.
(Seite Rechts mit dem Rücken gegen das Fenster.)

So ist es, Freund meiner Familie! Die Kaiserin
war eifersüchtig, weil mich ihr Gemahl mit günstigeren
Augen betrachtete, als die anderen Ehrendamen. Daß
ich ihre Verwandte und Jugendgespielin sei, vergaß sie
ganz, und in ihrem sicilianischen Bauernhochmuthe be-
schimpfte sie mich öffentlich bei dem Tourniere in
Babenberg. — Ich sah, daß meines Bleibens nicht
sein konnte, und trotz der Bitten des Kaisers verweilte
ich keine Stunde länger an diesem unadeligen Hofe. —

Simon
(ein kräftiger Greis, mit langem, wallendem Weißbarte sitzt Seite Links an
dem Tische, so daß das ganze Licht durch das Fenster auf ihn fällt. Höchst
ruhig und gelassen).

Unedel habe ich Rogers Tochter nie gefunden,

aber in diesem bärenhaften Deutschland muß auch die schönste, südliche Pflanze verwildern. Dann — nehmt es dem alten Manne nicht übel — finde ich es natür-lich, wenn sich Constantia die Alleinherrschaft über den Gatten nicht rauben lassen will. Ihr seid auch zu schön, um nicht Furcht in anderen Weiberherzen zu er= regen. —

Renata
(die mit ihren lang herabhängenden, prächtig-rothen Haaren nachlässig spielt.

Bei mir konnte die Thörin ruhig sein. Sie sah es ja nur zu oft, wie ich ihren getreuesten Heinrich, der wie bei einem Fackeltanze um mich herumschwärmte, von meinem ohnehin leuchtenden Flachse abhielt, damit wir Beide nicht in Brand geriethen. —

Simon (lächelnd.)

Sollte sich in diesem goldenen Netze kein anderer Edelfalke verfangen haben?

Renata.

Schweigt mir von diesen deutschen Sperbern, die nur auf Spatzenvolk und höchstens auf sanfte Tauben stoßen. — (zögernd.) Freilich, Einer war darunter, der mir gefallen konnte. Ein untadelhaft freier Mann, der selbst dem stolzen Kaiser offen entgegentrat, als derselbe bei ihm als Gast auf dem Schlosse weilte. — Ein herrlicher Mann, der — (mit tiefem Seufzer) nun im tiefsten Elende schmachtet. —

Simon.

Durch die Ungnade des Kaisers?

Renata.

O, nein! In seinem Edelmuthe vertheidigte er einen armen Leprosen gegen Schurken, welche dem-selben an das Leben wollten, da der Elende, um den

Kaiser zu sehen, sich aus dem Banne seiner Höhle her-
ausgewagt hatte. —

Simon.

Berührte er den Leprosen?

Renata (eifrig).

O, mehr als das! Er deckte ihn mit seinem
edlen Leibe, empfing eine Wunde an der linken Hand,
deren Blut der armselige Kranke mit seinem Mantel
stillen wollte.

Simon.

Ein schlimmer Fall! Und ist der Edle nun selbst
von der Lepra befallen?

Renata.

Ja, aber merkwürdiger Weise im Gesichte nicht,
das noch in voller Reine und Schönheit blüht.

Simon.

Dann wäre noch Rettung möglich! Ich hatte
mehrere solche Fälle von Vergiftung, die ich durch
Blutentziehungen bis zur Erschöpfung, und durch
monatelangen Hunger wieder heilte ...

Renata (vorsichtig).

. Man sagte mir doch .... es gäbe noch ein
anderes .... furchtbares Mittel, um solche Kranke
rasch von ihren Leiden zu befreien. —

Simon.

Ist auch Euch dieses Märlein zu Ohren gekommen?

Renata (mit großem Erstaunen).

Ein Märlein?

4

Simon.

Nicht mehr als das! Denn abgesehen von dem Wissenden, welcher Vernünftige wird denn glauben, daß das Blut einer reinen Jungfrau, die sich für den Armen opfert, äußerlich angewendet, Heilung bringen könnte?

Renata.

Ich glaubte es fest und habe dem Ritter dies berichten lassen. —

Simon.

Nur einer der unwissenden, deutschen Narren- Aerzte könnte sich zu einem solchen abscheulichen und nutzlosen Verbrechen hergeben.

Renata (entgeistert).

So?! Und ich dachte . . . Ihr . . .

Simon (aufstehend, mit Würde).

Was berechtigt Euch in meinem tadellosen Leben, gerade mir solch' Ungeheueres zuzutrauen?

Renata (zaghaft).

Der Ruf . . . .

Simon.

O, dieser Ruf! Kann ich dafür, daß das Volk, welches die geheimen Kräfte der Natur nicht kennt, in den vielen Heilungen, die mir gelingen, nur Wunder sieht? — Werden diese Wunder dann nicht, von Mund zu Mund getragen, immer entsetzlichere Formen an- nehmen, weil das Grauenhafte die niederen Sinne am meisten kitzelt? Von Euch, deren edler Vater mir in den schwersten Stunden meines Lebens treu zur Seite stand, hoffte ich Anderes zu vernehmen!

Renata (verwirrt).

Verzeiht, ich wollte . . . .

Simon.

Habt Ihr den Edlen vielleicht beredet, in diesem Sinne hierher zu reisen, und wolltet Ihr in überheißer Liebe Euch selbst als Opfer anbieten?

Renata (plötzlich sehr kühl).

Ich? Nein! Da wäre ich zu spät gekommen; denn die sehr junge Enkelin eines seiner Leibeigenen die in schwärmerischer Verehrung ihres Herrn zerfließt, hat sich freiwillig dazu erboten. — Es scheint mir auch, wenn er es gleich nicht Wort's haben will, daß ihm die Dirne nicht ganz gleichgültig ist. —

Simon
(im unruhigen Umhergehen murmelnd).

O, über die Dummheit in dieser Welt! (Laut.) Ich muß dem Manne schreiben — zum Glücke bin ich dieser rauhen Sprache mächtig, weil ich bei meinem langen Aufenthalte in Venedig viel mit deutschen Kaufleuten verkehrte — daß er mir die Beschämung erspart, in mir einen abscheulichen Thoren zu sehen, und sich die Vorwürfe über seine Rohheit in das Angesicht sagen lassen zu müssen! — Wo weilt er jetzt, und wie ist sein Name?

Renata.

Er ist . . . . schon hier, das heißt, in der Pilger-herberge des Papa Verticella vor dem Apulischen Thore. —

Simon (vorwurfsvoll).

Wer hat ihn veranlaßt, in dieser halben Ver-brecherhöhle Unterkunft zu suchen?

Renata.

Das ist mir . . . unbekannt. Wahrscheinlich ist es jedoch, daß er aus Furcht vor Entdeckung seines Zustandes sich diesen elenden Schlupfwinkel aussuchte.

Simon.

Zur Stunde noch soll mein vertrauter Diener Geronimo hinaus zu ihm, um ihm die Weisung zu geben, sich sofort wieder einzuschiffen, da ich unter keinen Umständen mit solchen rohen, abergläubischen Menschen zu thun haben will! Wie ist sein Name?

Renata.

Er ist aus edelstem deutschen Geschlechte, und reich begütert an dem großen Constanzer See, den sie das deutsche Meer nennen. Sein weit berühmter Name aber ist: Heinrich, Hartmann von der Aue. —

Simon

(wie von einem furchtbaren Schrecken erfaßt, bleibt plötzlich vor Renata stehen).

Wie?!

Renata (zaghaft).

Heinrich, Hartmann von der Aue.

Simon (in Jammer ausbrechend).

Fluch ihm, und Fluch seinem ganzen Geschlechte! — Der Verwüster meiner Vaterstadt Crema unter Barbarossa im Jahre 1160, war ein Feldhauptmann Hartmann von der Aue, der mit seinen rohen Schwaben brannte, plünderte und das Kind im Mutterleibe nicht verschonte. All' die Meinen fielen unter seinen Mörderhänden! Auch ich wäre diesem Schicksale sicher nicht entgangen, aber ich war damals in den Diensten Venedigs. — Ist es der Sohn des verruchten, harten Mannes, dann hat ihn die Rache des Himmels für die Frevelthaten seines Erzeugers ereilt! —

(Sinkt erschöpft in seinen Stuhl und bedeckt das Gesicht mit den Händen.)

Renata

(weicht von Simon bis an das Fenster zurück).

Ihr entsetzt mich durch die Wuth, welche Euren greisen Körper durchbebt! — Wenn dieser Heinrich

Hartmann wirklich der Sohn wäre, was könnte er für
die Leiden, welche sein Vater über Crema und die
Euren brachte?

Simon.

Dem giftigen Skorpione entstammt nur ein gleiches
Gethier, und daß er so herzlos sein konnte, ein armes
unschuldiges Kind aus weiter Ferne hierher zu schleppen,
damit es sich für ihn opfern lasse, das beweist mir,
daß ich mich in meiner Annahme nicht irre! (Auffspringend.)
O, könnte ich ihm zu seinem Leiden eine nie ver-
harschende Seelenwunde zufügen, ich gäbe den Rest
meines Lebens dafür! (Er wirft sich wieder in den Stuhl und sagt
unter krampfhaftem Schluchzen:) Mein Vater war noch glücklich.
Er starb bei der Erstürmung der theuren Vaterstadt,
die sich lange gegen den wüthenden Barbarossa gehalten
hatte, den Tod des Helden. — Meine Mutter aber
mit meiner schönen Schwester Maria und meinem
Brüderchen Angniolo wurden von den deutschen Barbaren
hingeschlachtet, und ihre noch zuckenden Körper in die
Flammen unseres Hauses geschleudert! — (Er wirft sich auf
die Kniee.) O, santa Maria, und all' ihr Heiligen, schützt
mich, daß ich nach so langen Jahren nicht in Wahnsinn
verfalle, wenn die Todesschreie meiner Lieben mir durch
die Seele gellen!

Renata (mit scheinbarer Theilnahme).

Entsetzlich, und noch entsetzlicher, daß der Unglück-
liche von Euch Hülfe erhofft, und sein . . . . Liebstes
Eurem Opfermesser darbietet.

Simon (horcht hoch auf).

Sein Liebstes? — O, meine Gedanken sind wirr!
Sagtet Ihr, daß er das Mägdlein liebe?

Renata.

Jawohl! Denn er sucht sie noch heute von ihrem
Vorhaben abzubringen, wie mir sein Diener und

Margaritha, die Tochter des Verticella, vertrauten, die in das Geheimniß eingeweiht sind.

Simon (steht auf, mit kalter Ruhe).

Er soll bei mir die Hülfe finden, die er ver= langt! Ich sende sogleich hinaus!

Renata.

Das ist nicht nöthig; denn er muß zur Stunde auf dem Wege hierher sein, da ich ihm versprach, am heutigen Morgen mich seiner bei Euch anzunehmen. —

Simon.

Er komme! Doch erst will ich die Jungfrau allein sprechen.

Renata (hat durch das Fenster hinabgeblickt).

Dort unten seh' ich die Drei an der Fontana stehen. —

Simon.

Dann ist es am Besten, Ihr beeilt Euch, ihm die Mittheilung zu machen, daß ich sofort zu seinen Diensten stehe!
(Er hat sich hoch aufgerichtet und geht Seite Links ab.)

Renata (sieht ihm nach).

O, heuchlerische Welt, in der ein Jeder seinem Eigennutze, oder seiner Rache — wie dieser da — lebt. Keines der Menschenthiere ist es werth, daß uns bei seinen Leiden auch nur die Wimper zuckt. — Mag die Närrin ihr Schicksal haben, dem sie sich ent= gegensehnt! — Und ist sie erst aus der Welt, wird in mir die Stimme schweigen, daß eine niedere Magd meine Nebenbuhlerin sein . . . . könnte! — Durch das Mittel, welches Simon mir verrieth, kann Herr Heinrich von einem anderen Arzte wohl auch gerettet werden,

und dann — Kaiser Heinrich, der Du mich schimpflich
verstießest, dann lacht Dir in die Zähne die . . . Burgfrau
von der Aue! —

(Rasch durch die Mitte ab.)

Zweiter Auftritt

Simon, Geronimo, beide von Seite Links.

Simon (eifrig).

Richte Alles auf's Beste und höre noch: Von den
Fremden, die in wenig Augenblicken kommen werden,
will ich zuerst die Jungfrau allein sprechen.

Geronimo.

Es gilt wohl eine schwere Operation, da ich das
große Blutbecken unter den Abfluß des Marmortisches
stellen mußte?

Simon.
(faßt das Secirmesser, das er in einer Ledertasche umgeschnallt trägt).

Die fürchterlichste meines ganzen Lebens. Sie
soll aber die letzte sein. — Doch geh!

Geronimo (küßt Simon die Hand).

O großer Meister, wie bist Du glücklich, so
Vielen das Leben geben zu können!
(Durch die Mitte ab.)

Simon
(stützt sich mit der Linken auf den Tisch, murmelt):

Ha, das ewige Leben! — Auch mein reines Leben
soll in einem warmen Blutquell untergehen, der meine
Seele wie ein welkes Blatt vor die Füße des Ewigen
schwemmt! — Schüttle nicht drohend die bewehrte
Faust gegen mich, mein Vater. Siehst Du nicht die
Mutter, die ihre Brust den Mordstreichen bietet, um
ihre Lieben zu schützen? — Erlangte sie Gnade? —
Nein! — Und ohne Gnade will ich den Stahl in das

Herz einer deutschen Jungfrau senken! Eine für
Alle! Sie selbst will es, und quälen werde ich die
arme Thörin nicht! — Ihm aber, dem Sohne des
Würger's will ich einen Stich in das Herz versetzen,
der brennen soll, bis die Nacht der Ewigkeit jene
Morgenröthe der Gnade zeigt, der auch die Teufel zu-
jauchzen!

(Er fährt sich mit der Rechten über die Stirne, als erwache er aus einem
Traume, so wie er die Thüre gehen hört.)

Vierter Auftritt.

Simon, Geronimo, dann Maria.

Geronimo (öffnet die Mittelthüre und sagt):

Die Fremde!

(Er läßt Maria eintreten, dann ab.)

Maria

(im Pilgergewande an der Thüre stehen bleibend. Mit zum Gebete über die
Brust gekreuzten Händen, die Blicke nach Oben gerichtet. — Ruhig).

Da bin ich!

Simon (für sich).

Eine verklärte Märtyrerin!

(Nach einer Pause, laut):

Und weißt Du auch, Du junge, unschuldvolle
Seele, was Du von mir verlangst, und was Dich hier
erwartet?

Maria.

Ich verlange nichts, als daß mein Herr Heinrich
gesunde! Was mit mir geschehen soll, das weiß ich,
und habt keine Angst, daß das deutsche Mädchen Wehe-
schreie ausstoßen wird.

Simon.

Bist Du so fest überzeugt, daß Dein Opfer nicht
nutzlos ist?

Maria.

Sein Mund hat es nur ein einziges Mal gesagt, aber selbst wenn mein Herr verlangte, ich sollte mir Glied für Glied vom Leibe lösen lassen, weil es ihm nützt, ich wäre bereit!

Simon.

So liebst Du ihn?

Maria (kommt vor).

Er ist mein Herr, und ihm gehört meine Seele!

Simon (verweisend).

Deine Seele gehört Gott!

Maria
(mit zum Himmel aufgeschlagenen Augen).

Das weiß ich, aber ich weiß auch, daß Gott mich zu Herrn Heinrich's Rettung geschaffen, und so folge ich nur seinem heiligen Willen!

Simon.

Und hat Dich Dein Herr Heinrich, wie Du ihn nennst, nicht abgehalten von dem entsetzlichen Vorhaben?

Maria.

Unzählige Male auf unserer beschwerlichen Reise. Er wollte mich sogar verlassen, aber ich sagte: Gehe Du nur, ich gelange doch an mein Ziel, und lasse Dir senden, was Du brauchst! — Noch ehe ich bei Euch eintrat, sagte er: „Maria . . . .

Simon (fast mit einem Aufschrei).

Maria?! — (dumpf.) Meine einzige Schwester, ein lieblich Kind wie Du, hieß auch — Maria!

Maria.

So bin ich genannt nach meiner Mutter, die mich droben in dem Himmel erwartet!

Simon (faßt Maria bei der Hand).

Maria, laß ab von Deinem Beginnen!

Maria.

So sagte eben Herr Heinrich auch. Da fragte ich ihn: „Kennst Du ein ander Mittel, das Dir Erlösung bringt, und Dich der herrlichen Gotteswelt zurückgiebt?"

Simon.

Und was antwortete er?

Maria (mit niedergeschlagenen Augen).

Muß ich das sagen?

Simon.

Gewiß!

Maria.

Er antwortete: „Was soll mir die herrliche Gotteswelt, wenn darinnen die schönste Blume fehlt: Du — Maria!"

Simon.

Und hielt Dich dieses schöne Liebeswort nicht ab, nach meiner schrecklichen Hülfe zu verlangen?

Maria (sieht Simon groß an).

Herr, ich bin ehrlich und frei geboren, und frei und ehrlich will ich sterben!

Simon.

Was willst Du damit sagen, Maria?

Maria (fest).

Ein Abgrund ist zwischen ihm und mir! Zu seinem Weibe, wenn er auch ganz allein durch Gottes Gnade gesundete, kann er mich nie nehmen, und ... lieber sterben, als meine Ehre verlieren! — (bittend.) O, Herr, ich weiß aber auch, daß Keine außer mir für ihn so

frei und freudig ihr Blut vergießt, und darum —
macht ein Ende, und laßt Herrn Heinrich kommen —

Simon (weicht von Maria zurück).

Du verlangst, er soll Zeuge des entsetzlichen Vor-
ganges sein?

Maria.

Soll ich die Marter ohne Zucken erdulden, dann
muß ich den letzten Blick in seine lieben, treuen
Augen senken können.

Simon.

Und Deine mädchenhafte Scheu, wenn er Dich in
Deiner reinen Schöne sieht?!

Maria.

Bald bin ich ein Engel, und was von der armen
und doch so reichen Maria zurückbleibt, das reizt auch
den Rohesten nicht!

Simon.

O, Du unschuldvolles Kind!

Maria.

Und daß Ihr's nur wißt: Wenn man Euch gesagt hat, daß Herr Heinrich roh und gewaltsam ist, so
war das eine Lüge; denn ich habe es auf unserer
langen Reise erfahren, seine Seele ist gut und weich
wie die eines Kindes, sie steckte nur in einer harten
Hülle! — Ihr habt ja wohl auch Kinder, und werdet
mich um dieser Lieben willen nicht lange quälen, so
daß Herr Heinrich sich nicht zu sehr entsetzt!

Simon (für sich).

Immer — Er! — O heiliger Gott, sie wendet
mir das Herz!

Maria.

Nun seht, seitdem ich erst sicher weiß: Er ist es

werth, daß ich mich für ihn opfere, gehe ich mit doppelter Freude in den Tod! (wie im Traume:)

„Nur sich zu opfern für das, was nicht rein,
Dagegen mag Hölle der Himmel sein!" —

Simon (mit plötzlichem Entschlusse).

Und — die schöne, vornehme Dame, die ihn zu mir sendete?

Maria (betroffen.)

Ihr wißt?! — (Wieder seelenruhig.) Nur meine Dankbarkeit gegen sie, weil Herr Heinrich das Mittel zu seiner Errettung von ihr erfuhr, ist die Ursache, daß er ihre Nähe duldete; denn er hat die sichersten Beweise von ihrem Unwerthe!

Simon

So felsenfest wie Deine Liebe ist Dein Vertrauen! — So mag es darum sein, doch mußt Du zuvor Eins noch erfahren.

Maria.

Sprecht!

Simon (Maria fest ansehen:).

Wenn bei meinem ersten Schnitte nach Deinem Herzen hin Dich des großen Schmerzes wegen Dein Entschluß gereuen sollte, dann ist mein Beginnen verloren wie Dein Leben!

Maria.

Laßt nur Ihr Eueren Muth nicht sinken, dann wird Alles gut: Fröhlich wie zum Tanze, will ich in die Marterkammer gehen!

Simon (heb: den Vorhang Seite Links).

So tritt denn ein, Du muthiges Kind, — und entkleide Dich!

Maria (die Hände gefaltet).

O, heiliger Christ; wie danke ich Dir, daß ich

nun durch Deine Gnade die ewige Himmelskrone er=
werben darf! Amen! (Tritt ruhig in das Gemach.)

Simon.
(läßt den Vorhang fallen und kniet nieder).

Und ich danke Dir, o Herr, mein Gott, daß Du
durch diese reine, starke Magd ein Wunder an mir
vollführt hast; denn alle Rachegedanken und alle
Bitternisse sind aus meinem Herzen gewichen! Dir,
o Herr, der Du das reinste Licht bist, vertraue
ich auch, daß Du mich aus diesem Dunkel führst, das
noch um mich sich lagert. — (Steht auf.) Nun kann ich
ihm ruhig entgegentreten, dem Sohne des — Hart=
mann von der Aue! (Er geht zur Mittelthüre, öffnet dieselbe und
läßt Heinrich und Griesebart eintreten.)

Fünfter Auftritt.
Vorige, Heinrich, Griesebart.
Heinrich
(im Pilgergewande. Er ist bleich und abgehärmt. Tritt rasch ein, sieht sich
um und sagt in furchtbarster Angst:)

Wo ist Maria?

Simon.
An der Pforte des Himmelsreiches!

Heinrich (aufschreiend).
Todt?

Simon.
Faßt Euch, Herr Ritter, Ihr wißt ja, daß sie,
um Euch zu erretten, sich nach dem Tode sehnt.

Heinrich.
Sie soll leben, für den armen Heinrich!

Griesebart (halb für sich).
Der Hund „Gewissen" hat uns an der Kehle ge=
packt!

Simon.
Und wie wollt Ihr, Herr Heinrich, Eures Leides
ledig werden?

Heinrich.

Das stelle ich dem ewigen Richter und Rächer anheim, der in mein gebessertes Herz sieht. —

Simon.

Glaubt Ihr, daß er Euretwegen ein Wunder thun wird?

Heinrich.

Ist es nicht schon ein Wunder, daß er mich durch diese reine, unschuldvolle Magd aus einem rohen, gewaltthätigen Menschen in einen bescheidenen und ergebenen verwandelt hat? Ich wünsche nichts sehnlicher, als daß ich jedes Unrecht, das durch mich oder mein Geschlecht angestiftet wurde, mit tausend Wohlthaten verringern kann!

Griesebart (schnell).

Ja, und dem Bruder des armen Ueberlinger Hans haben wir ein freies Gütchen geschenkt . . .

Heinrich (verwehrend).

Schweig still! — Entferne Dich!

Griesebart (wischt sich die Augen).

Gott gebe der frommen Seele eine frohe Urständ!
(Durch die Mitte ab.)

Heinrich.

Und wo, wo habt Ihr Maria?

Simon
(reißt sein Messer heraus, öffnet den Vorhang weit und will in das Gemach).

Sieh her!

Heinrich (sinkt an der Schwelle in das Knie).

Haltet ein! Gottes Fluch auf Euch, wenn Ihr sein herrlichstes Meisterwerk zerstört!

Simon
(läßt den Vorhang fallen und lauscht Maria's Worten).

Maria
(dicht hinter dem Vorhange, in dem Gemache).

Weh' mir viel Armen, o weh!
Wir müssen Beide nun der Ehren,
Und ich der Himmelskron' entbehren,
Denn eh' mich das Messer traf zu Tod,
Muß mir gescheh'n diese Schmach und Noth! —
O weh! — Du gewaltiger Christ,
Hilf Du meinem Herrn, der nun wirklich ist,
Da ich nicht für ihn sterben kann:
Herr Heinrich, der allerärmste Mann!

Heinrich
(die Arme weit breitend, sinkt wie sterbend rückwärts zusammen mit dem Ausrufe):

Maria!

Der Vorhang fällt.

Vierte Abtheilung.

Platz vor der Pilgerherberge des Verticella am Hafen von Salerno. Seite Links, das Haus in die Ruine einer ehemaligen „römischen Villa" hineingebaut. Seite Rechts, der Eingang zu einer Weinlaube „Pergola", die einige Schritte in die Scene hineinragt. — Den Hintergrund bildet das Meer mit der Aussicht Seite Rechts auf das Capo d' Orso. — In und vor der Pergola einige Holztische und dito Bänke. .

Es ist früher Morgen im September.

Erster Auftritt.

Verticella und Margaritha.

Verticella
(lehnt an dem Eingang zur Herberge. Echte Gaunerfigur).

Wenn der heilige Sanuarius statt im gesegneten Settembre sich köpfen zu lassen, den gescheidten Einfall gehabt hätte, in jedem Monate eines seiner edlen Glieder zu verlieren, dann hätten wir zwölf Feste, statt dieses einzigen lumpigen, das die Pilger in Schaaren anzieht, die nach Neapel wollen. —

Margaritha
(welche Seite Rechts die Tische und Bänke scheuert)

Aber Vater, solch' ein unchristlicher Wunsch!

Verticella.

Christlich hin, christlich her! Meine Tasche wird

davon nicht voll, und darinnen steckt Alles! Ich zolle
ja dem heiligen Januarius meinen schönsten Dank, weil
er sich diesen Monat zur Himmelfahrt ausgesucht hat,
wo der alte Wein aus den Schläuchen heraus muß,
um dem neuen Platz zu machen. Da kann man den
Bodensatz schön mit Wasser ausspülen, was für die
armen Pilger ein billiges Labsal giebt. —

Margaritha.

Diese Armen hätten aber gerade eine Stärkung
am nothwendigsten.

Verticella.

Sie sollen fleißig dazu beten, das stärkt den Trunk!
(Er nähert sich faul Marg. und guckt erst nach dem Hause, ob niemand
lauscht.) He, wie ist es? Haben die Fremden aus dem
deutschen Reiche, die so gut zahlen, noch im Sinne,
länger bei uns zu bleiben, oder ziehen sie in die Stadt
hinauf?

Margaritha
(beugt den Kopf tief auf ihre Arbeit).

Weiß nicht, Vater!

Verticella.

Gieb ihnen das Beste, was Du hast. Lasse die
Fische und die Nudeln in Oel schwimmen, daß die
Leute mit Seufzen daran denken, wieder in ihre kalten,
finsteren Wälder heimzukehren, wo es nur steinhartes
Haferbrod giebt, das sie mit der Axt zerschlagen
müssen. — Lasse mir den Kerl mit dem närrischen
Namen, der nicht auszusprechen ist, nicht aus den
Klauen.

Margaritha.

Den blonden Graubart, den Barbagrigio? Dem
schmeckt aber unser Essen gar nicht.

Verticella.

Desto mehr unser Wein, den er wie ein fachino
vom Hafen draußen saufen thut. — Der scheint den
Geldsack in Verwahrung zu haben. Kannst Dir hie

und da eine kleine Liebkosung gefallen lassen, das lockert die guten Kaisergulden, von denen dieser Esel nicht weiß, daß sie den doppelten Werth unseres Rogergeldes haben. — Haha, wenn sie von den gelehrten Herren in der Stadt droben ausgesogen sind, dann schmeißt man sie einfach aus dem Hause. —

Margaritha.

Das dürfte aber doch nicht so leicht gehen, da der Meister Simon de Crema seine starke Hand über sie hält!

Verticella.

O, ein sehr reicher Mann, ein großer Hexenmeister, der mit seiner Zauberei wohl den bleichen, jungen Pilger wieder herstellen soll?

Margaritha.

Aber, Meister Simon ist kein Zauberer, sondern der berühmteste Arzt Salerno's und Magister der großen Schule. —

Verticella.

Eins wie's Andere! Wer solche Wunderkuren vollbringt, der muß mehr können, als Syracusaner schlucken. — Von seinen Mixturen möchte ich aber keine über die Zähne bringen. Prrr! — Ein Gebet zum heiligen Januario hilft da besser, und hilft's nicht, dann steckt der Teufel dahinter, der dem gutem Heiligen nichts gönnt. —

Margaritha
(hält mit ihrer Arbeit inne und sieht ihren Vater erstaunt an).

Der Pilgerschwarm, welcher in frühester Morgenstunde fortzog, muß gut bezahlt haben, weil Ihr heute so gesprächig seid. Oder hat Euch die schöne Donna so bezaubert, die gestern Abend sich wieder einstellte, und derentwillen Ihr mich nun schon zum dritten Male aus meinem schönen Kämmerlein geworfen habt?

Verticella.

Ho, Plappermaul, Du! Der Goldkäfer geht Dich gar nichts an! Verstanden?

Margaritha (böse).

So? Geht mich nichts an, wenn ich dahinten in dem Loche über'm Schweinestall schlafen soll?

Verticella.

Hab's auch schon gethan und 's ist ein süßer Winkel, in dessen Duft ich von Würsten und Schinken träumte! — Uebrigens kümmere Du Dich um Deine Rosinen, das heißt, um die drei Deutschen, und steck' Deine Nase nicht in meine Angelegenheiten. Es könnte das bei mir böses Blut setzen.

(Ab in das Haus.)

Zweiter Auftritt.

Margaritha, Griesebart.

Griesebart
(steckt den Kopf durch das Weinlaub der Pergola).

Pst!

Margaritha (wendet sich erschrocken um).

Heilige Mutter!

Griesebart
(tritt aus der Laube heraus und zwar von Seite Rechts, so daß er Links von Margaritha steht, und gegen das Haus zu von dem vorstehenden Theil der Laube gedeckt ist. Er begleitet seine Reden mit erklärenden Hand-bewegungen).

Hab' von dem verdammten Kauderwelsch Deines Herrn padre so Manches verstanden — capisco! — Thu' Deine Schuldigkeit — obligatione — und gieb mir mein Morgenbrod colazione — un bacio!

Margaritha.

O, Tu ladro, Tu Tipp! Là!

(Wischt sich den Mund und küßt ihn rasch!)

Griesebart.

Schmeckt wie Falerner! Du, Margreth; nun

5*

paſſe auf. — Attenzione! Die ſchöne Donna iſt eine Spitzbübin, una ladra, canalia, un briccone im Weiberrock!

Margaritha.

Impossibile!

Grieſebart (der nicht verſtanden hat).

He?

Margaritha.

Io non credo!

Grieſebart.

Credo, credo, credo? Aha! Wie ſingt der Pfaffe! „Credo, in unum Deum!" Du — non credo? Du glaubſt nicht?

Margaritha.

Si! Klaub niſch!

Grieſebart (küßt ſie).

Mia carissima, das iſt für Fortſchritt — per trasporto im Deutſchen!

Margaritha (lacht).

Haha! Tu volio dire: per progresso in beuts Sprak?

Grieſebart (kratzt ſich hinter dem Ohre).

Bis Dich unſere dickköpfigen Schwaben verſtehen, wird's lang dauern!

Margaritha.

Eh?!

Grieſebart.

Ja, aber ich werde Dir unſer gutes Schwäbiſch ſchon noch beibringen! (küßt ſie.) Attenzione! Die Donna iſt ein Luder, bestia, die meinen Herrn Heinrich, mio padrone Henrico, heirathen (macht mit den Händen die entſprechende Bewegung) will, wenn er von ſeiner Malezei durch den Meiſter Simon kurirt iſt, weil er viel Geld — molto denari, und große Beſitzungen — grande, grande — (Er ſucht nach dem Worte, kann's nicht finten, haut

sich vor den Kopf, so daß er auf die Bank zu sitzen kommt.) **Ah!**
Attenzione, ich hab's! (Er steht auf, klopft mit der flachen Hand
auf die Bank und setzt sich rasch wieder.) **grande Sitz hat!**

Margaritha.

Haha! ho capisco, Signore Enrico è un grande
possessore!

Griesebart.

Na, meinetwegen! ... **Da ist der Donna aber**
unsere **bella Maria** im Wege, **in via,** und ich fürchte
— **prrr** — (Schüttelt sich.) sie will sie bei Seite schaffen!
(Macht die Pantomine des Erstechens.)

Margaritha
(bestürzt, wehrt mit der Hand ab und schüttelt den Kopf)

O santa Maria! Incredibile!

Griesebart.

Du glaubst nicht? — Ich hab' aber mit diesen —
meinen zwei Ohren — gehört, daß sie gestern Abend
— **sera** — gestern (deutet mit der Hand über die Achsel) —
mit Deinem lieben — **caro padre** — was von einem
sacco für die **maladetta ragazza** und vom **mare-**
Meer gesagt hat.

Margaritha
(schlägt die Hände entsetzt zusammen).

O mia santa protetrice! E possibile?

Griesebart.

Deswegen habe ich Dir ja aufgelauert, um es
Dir zu sagen. — Also Du: **schau'** — sehen — guck
auf **Maria** — **attenzione auf Maria,** ich lauf in die
Stadt hinauf — **io fa corso in citta,** zum Meister
Simon. — **Un bacio, mia carissima Margaritha!**
Ich kann schon so welsch sprechen wie der Teufel,
wenn er in Rom Hochzeit machen will! — **Addio!**
(Nachdem er Margaritha mehrmals heftig küßte, läuft er Seite Links hinter
dem Hause ab.)

Margaritha (schaut ihm nach).

Ein ehrliches Blut, wie man es bei uns nicht
findet. Ach, wenn's nur nicht so kalt in seiner
Heimath wäre! Aber die Liebe macht heiß, und dann
hat er mir gesagt, daß er an einem großen, schönen
See wohne, an dem der Wein wild wächst! — Aber
nun gilt es, die Augen weit offen halten, um ein Unglück zu verhüten. — Doch still! Ich glaube, da
kommt die gefährliche Donna mit dem armen Enrico!
(Sie läuft in die Pergola, Seite Rechts ab.)

Dritter Auftritt.

Renata in Pilgerkleidung. **Heinrich** trägt sein Schwert
umgegürtet.

Renata
(immer sehr sanft und theilnahmsvoll, ohne jedoch Heinrich zu nahe zu
kommen).

Ich habe Euch um diese Unterredung bitten lassen,
ehe ich die Wallfahrt nach Neapel antrete. — Für
Euch, wie für mich, hängt viel von derselben ab. —
Ihr wißt, wie mir bei Euerem Leiden das Herz blutet,
und mit Entsetzen muß ich sehen, daß Ihr immer
mehr dahinsiecht, seitdem Ihr bei Meister Simon von
Crema mit unerfülltem Wunsche abgewiesen wurdet. —
(Sie wartet auf eine Gegenrede von Heinrich. Dieser ist aber in dumpfes
Brüten versunken.) Laßt Euch das nicht so zu Herzen
gehen, es giebt ja an der Schule von Salerno noch
andere Aerzte, und wenn auch diese versagen sollten
— (leise) in Neapel kenne ich einen, der keine Be-
denken hat! —

Heinrich (doppelsinnig).
Wohl glaublich!

Renata.
So kommt rasch mit mir nach Neapel, was wollt
Ihr noch hier?

Heinrich.

Ein Unrecht sühnen und eine Thorheit gut machen!

Renata (zärtlich).

Und — bedenkt Ihr Euer Leiden nicht, das doch die einzige Scheidewand zwischen — Euerem (schlägt die Augen nieder) — heißesten Wunsche ist, den Ihr mir einst zuflüstertet?

Heinrich.

Signorina, was mein Leiden betrifft, so sehe ich es für eine Strafe Gottes an, und da ich mich seinem heiligen Willen unterwerfe, so trachte ich nicht mehr nach irdischer Hülfe! — Was das — Andere betrifft, würde ich — selbst wenn Gottes Gnade mich heilte — die tiefe Kluft, welche mich von Euch als einer Anverwandten des Kaisers trennt, nie zu überbrücken wagen, und Ihr selbst, die Ihr im Glanze zu leben gewohnt seid, würdet dem a r m e n Heinrich niemals Euere kostbare Hand reichen. —

Renata.

O, die hohe Verwandtschaft braucht Euch nicht zu kümmern; denn von dieser habe ich mich für immer losgesagt, da Edles mit Unedlem keine Gemeinschaft hält. Euere Armuth wird aber immerhin — haha — für zwei bescheidene Menschen reichen!

Heinrich.

Ihr seid in einem Irrthum befangen, edle Signorina, ich bin in Wahrheit auch in dieser Beziehung: Der arme Heinrich! Mir ist — lächelt nicht — die aller= reinste Jungfrau erschienen, und hat mich aufgefordert, all mein Hab und Gut dahin zu geben. —

Renata (prallt zurück).

Seid Ihr wahnsinnig geworden über die Weigerung des Meisters Simon? — Euere Festigkeit dem Kaiser gegenüber gewann Euch mein ganzes Herz, und nun seid Ihr ein schwanker Grashalm im Winde?!

Heinrich.

Eure edle — Seele wird anders urtheilen, wenn Ihr Folgendes vernehmt: Meister Simon vertraute mir, er sei gewillt gewesen, aus Rache, meine und seine Seele mit einem unnützen Morde zu belasten — daß er aber durch die himmlische Unschuld des armen Mädchens, welches ich Elender zur Opferung hierher-schleppte, bezwungen worden sei. — Das Unrecht nun, das ein Vorfahr von mir an der Familie Simon's beging, will ich dadurch sühnen, daß ich die Hälfte des Meinigen hergebe, um in der nun neu aufblühenden Vaterstadt des edlen Greises, ein Asyl zu errichten, das den Nach-kommen der armen Opfer zu Gute kommen soll.

Renata (erregt).

Was geht Euch die That Eueres Vaters an?

Heinrich (scheinbar erstaunt).

Ihr wißt? Dann wird Euch klar sein, daß ich mein Schild reinigen muß, damit es nicht die Rost-flecken des Raubes zerfressen! — Noch einfacher aber ist, daß ich meine Thorheit gut zu machen strebe, die ich an der armen Maria und den Ihren beging. Ihre Seelenmartern kann ich mit der anderen Hälfte des Meinen zwar nie wieder vertilgen, aber man wird er-kennen, daß ich nach Gerechtigkeit auf Erden strebte, um dem gerechten Zorne des Ewigen zu entgehen! —

Renata.

Und — wenn ich ein Mittel wüßte, das Euch verjüngt erstehen ließe, ohne ein — wie Ihr es nennt — Verbrechen zu begehen?

Heinrich.

Meister Simon bot mir ein solches an, aber ich wies es von mir, da ich zur Läuterung meiner Seele tragen will, was Gott über mich verhängte, weil ich einen Unschuldigen mordete, der in seinem dumpfen Sinne mir Rettung bringen wollte!

Renata (wüthend).

Ihr seid ein hirnverbrannter Thor, oder (mit boshafter Schärfe) Ihr hofft auf ein Wunder, das Eueren heimlichen Wünschen Gewährung bringen soll!

Heinrich (ruhig).

Wie meint Ihr das?

Renata (leise, mit teuflischem Hohne).

Ich täusche mich nicht, wenn ich annehme, die allerreinste Jungfrau, die Euch erschienen ist, war von rosigem Fleisch, hat Euere Sinne gefangen genommen und heißt: Maria, die Bauerndirne!

Heinrich (in aufsteigendem Zorne).

Sprecht den Namen der Reinen nicht aus, Ihr habt kein Recht dazu!

Renata (auffahrend).

Warum, Herr Heinrich von der Aue?

Heinrich (kalt).

Weil — Ihr zwingt mich, es zu sagen — Ihr zu den Unreinsten Eueres Geschlechtes zählt! —

Renata (in vollster Wuth).

Du elender, deutscher Bauerngraf, das mir, die ich aus königlichem Blute entsprossen?

Heinrich.

Ihr habt es verpestet, und der deutsche Bauerngraf wäre gut genug gewesen, mit seinem reinen Schilde die Blößen Euerer Seele zu verdecken!

Renata (kal.).

Das fordert die furchtbarste Rache, und eh' der Tag sich wendet, soll ein Strafgericht über Euch ergehen, unter dem nicht nur Euer Leib, sondern Euere Seele der Vernichtung anheimfallen werden! Ihr sollt sie kennen lernen: Die unreine Renata von Tarent! —

(Rasch ab in das Haus.)

Heinrich (still vor sich hinbrütend).

Die Schuld vermindert keine Zeit,
Sie wächst bis in die Ewigkeit!

Vierter Auftritt.

Heinrich. Margaritha.

Margaritha
(Seite Rechts aus der Laube tretend, außer sich).

Um des Blutes des heiligen Januarius willen,
Signor, rasch in das Haus. Maria ist in Gefahr.
Es haben sich drei Burschen in das Haus geschlichen,
die zu den gefährlichsten Piraten gehören; dort drüben
ankert ihr Boot!

Heinrich (reißt sein Schwert heraus).

Ich verstehe nur Eines: Maria in Gefahr! —
(Ruft.) Griesebart zu mir!

Margaritha.

Er ist hinauf in die Stadt, holt Hülfe! —

Heinrich.

Wackeres Mädchen, Deine Treue lohne Dir Gott!
(Gegen das Haus.) Nun, Ihr Schurken, sollt Ihr Schwaben-
streiche kennen lernen! (Will in das Haus.)

Fünfter Auftritt.

Vorige. Verticella in der Hausthüre.

Verticella
(hält Heinrich eine Hellebarde vor).

Fort, Margaritha, von dem Verpesteten! Und
Ihr weicht von meiner Schwelle, die Ihr verunreinigt
habt, oder meine Partisane soll Euch die verfluchte
Haut reinigen, daß die Fetzen davon fliegen.

Heinrich.

Schurke, der Du Alles wußtest, und durch ein

höheres Gebot bestochen bist, gieb Maria heraus und ich verlasse sofort Dein Räubernest!

Verticella (roh lachend).

Hoho! So schnell geht das nicht! Erst muß die Ragazza gereinigt werden, und das gute Meerwasser wird wohl seine volle Schuldigkeit thun!

Heinrich.

Hund, Du! Wer Maria berührt, stirbt von meinen Händen! (Er schlägt mit einem Hiebe die Partisane des Verticella ab und dringt auf den Verdutzten ein.) Mach Platz, oder es geht an Dein Leben!

Verticella (schreit in das Haus).

Matteo, Rollo, Amilcare, zur Hülfe herbei! Die Donna wird mit der Kleinen allein fertig werden!

Heinrich.

O, Schurkerei ohne Gleichen! Weichst Du nicht, so komme Dein Blut über Dich! (Er haut nach Verticella, und da dieser den Partisanenschaft vorhält, trifft der Streich seinen linken Arm, so daß er die Waffe heulend fallen läßt und ausweichend — seinen Dolch herausreißt.) Maria, ich eile zur Hülfe!

Sechster Auftritt.

Vorige. Die drei Kerle. Renata, welche Maria, deren Hände auf den Rücken gebunden sind, herausgeschleppt.

Verticella
(stößt seinen Dolch von rückwärts in Heinrichs rechte Schulter).

Der Hund beißt! Vorwärts, Kameraden, gebt dem Verpesteten den Rest, aber beschmiert Euch nicht mit seinem giftigen Blute! (Weicht bis an die Laube zurück. Die drei Kerle stoßen auf Heinrich mit ihren Messern ein, und dieser, dessen rechter Arm durch den Stoß halb gelähmt ist, hat sein Schwert in die linke Hand genommen, und den ihm Nächsten niedergestreckt. Ehe er aber zu Maria gelangen kann, zerrt Renata dieselbe dem Wasser zu.)

Maria.

Mein Heinrich, rette Dich!

Renata.

Komm nur, mein Schätzchen, die Unreine wird
Dich reinigen, daß Du zum holden Engel wirst!

Margaritha

(ist Renata nachgeschlichen und beißt dieselbe in die Hand, so daß sie den Strick
fahren läßt, an dem sie Maria führt. Margaritha will Maria in die Laube
ziehen, da tritt ihr Vater ihr mit geschwungenem Dolche entgegen).

Verticella.

Verrätherin, das ist Dein und ihr Ende. (Schleudert
seine Tochter zur Seite.)

Heinrich

(wendet sich, um Maria zu Hülfe zu eilen, und wird von den beiden Kerlen
von rückwärts niedergestoßen).

O, heiliger Christ, erbarme Dich Marias!

Renata

Flehe für Dich! (Sie stößt Heinrich den Dolch in die Brust.)
Und nun wende Deinen letzten Blick auf Renatas Rache!
(Sie hat Maria, die sich zu Heinrich niederwarf, emporgerissen, und schleift
sie dem Meere zu.)

Siebenter Auftritt.

Vorige. Griesebart. Simon. Schüler des Simon.

Griesebart

(der mit geschwungenem Schwerte voranstürmt).

Hie gut Schwaben allewege! Fahr' zur Hölle,
Natter! (Er ersticht Renata, die mit einem Wuthschrei zusammensinkt.)

Simon (zu seinen Schülern).

Nieder mit den Verbrechern! (Die beiden Kerle, von den
Schülern, die bewaffnet sind, bedroht, flüchten in das Haus. Einige Schüler
werfen sich auf Verticella, der durch die Pergola sich flüchten will, und fesseln
ihn mit den Stricken, mit denen Maria gebunden war.)

Maria

(von Margaritha entfesselt, stürzt zu Heinrich nieder).

O, mein armer Heinrich, entflieh mir nicht!

Heinrich

(während Simon zu ihm sich niederknieet, um die Wunden zu untersuchen,
mit ersterbender Stimme).

Dein Heinrich, hier und dort!

Griesebart und Margaritha

(Knieen betend neben der Gruppe nieder.)

Stellung:

```
                    Schüler                    Schüler
                    Simon                      ●●
   Griesebart          ●      ● Maria
       ●                   ●              ● Berticella
   Margaritha          Heinrich
       ●                                       ● Schüler
```

Der Vorhang fällt.

Fünfte Abtheilung.

Großer, freier, von mächtigen Linden umgebener Wiesenplatz am Ende des Reichenauer Klostergartens. Den Hintergrund bildet eine Durchsicht über den Obersee auf die Schneekette der Alpen. — Am Seeufer die Anlagestelle der Schiffe. — Laubumwundene, bunt bewimpelte Masten bilden gleichsam die Ehrenpforte für alle Ankommenden. — Seite Links im Vordergrunde, von einer Riesenlinde überschattet, eine teppich= geschmückte, und mit prächtig=geschnitzten Stühlen besetzte Empore für den Kaiser. Rechts davon der Stuhl des Abtes. Es ist Nachmittag eines wundervollen Junitages im Jahre 1193. —

Erster Auftritt.

Abt und **Kunibert** sind auf einem Spaziergange nach Tische begriffen, stehen rückwärs am Seeufer und betrachten sich das herrliche Landschaftsbild. Nach einer Pause kommen sie vor.

Abt.

Das ist, so wie die Alten sagen,
Die wir bei allem Schönen befragen,
Die Stunde jetzt des großen Pan,
Wo die ganze Welt ist unterthan
Einem wunderbar=hehren Frieden,
Der sonst ihr niemals beschieden! —
Es regt sich kein Laub, es nickt kein Gras,
Der Spiegel des See's ist glatt wie Glas,
Die Thiere in tiefe Winkel schleichen,

Die muntersten Vögel alle schweigen,
Und des Menschen heftig Geblüte
Will fassen wollüstige Müde! —
Doch wem der Geist ist frisch und stark,
Der läßt sich nicht kommen in das Mark
Solch einen trügerischen Hauch,
Der anschwemmt nur den Gott: Herr Bauch! —
Drum lieb' ich, gerad' zu dieser Stunde
Zu machen im Schatten eine Runde,
Und während And're liegen gleich Klötzen,
Am Gottesfrieden mich zu ergötzen. —
        (Wendet sich und deutet auf die Alpen)
Sieh nur, wie in den Himmel ragen
Der Alpen Firnen, als wollten sie sagen:
„Die Reine, in der hinauf wir streben,
Sei Euch ein Bild von Eurem Leben,
Nur rastlos im Guten und Schönen hinan,
Im Himmel erst winkt Euch die Stunde des
                          Pan!" —

Kunibert.

Ach, daß den ewigen Frieden zu erlangen
Die Menschen alle sich schrecklich bangen,
Und geht es Einem noch so schlecht,
Sei's Ritter, Bürger oder Knecht,
Er mag die Erde gar nicht missen, —
Will nichts von Himmelsfreuden wissen! —
Mein, sagt mir nur, hochwürd'ger Abt,
Ob Ihr denn keine Nachricht habt
Von unserm armen Herrn Heinrich?!
Die Mutter zergrämt in Jammer sich,
Was soll ich erst vom Hanfried sagen,
Der untergeht in wilden Klagen,
Daß er — für mich ist's nicht zu fassen,
Maria hat entfliehen lassen,
Und nicht mit dem Sohne ihr nachgesetzt,
Wenn Beide sich auch zu Tod gehetzt. —

Abt (setzt sich Seite Links vorn).

Ja, sieh', ich halt's für Gottes Willen,

Daß er die Drei ließ so im Stillen
Entkommen, und was d'raus werden mag,
Es kündet sich am rechten Tag! —
Das Letzte, was ich aus Rom erfuhr,
Es war, daß vom Heinrich jede Spur,
Nachdem ihn der Mörder gestreckt auf den Rasen,
Mit Einmal war wie weggeblasen. —
Ob er noch lebt, und die andern Zwei,
Trotz allem Forschen unfindbar sei! —
Der Kaiser, der seine Güter in Schwaben
Besucht, und die Gnad' thät haben,
In unserm Kloster einzukehren,
Will selbst nun, und mit Machtbegehren
In seiner Stadt Salerno fragen,
Was mit den Drei sich zugetragen. —
Er sagte mir mit vollen Hulden
„Thut Euch nur kleine Zeit gedulden,
Ich hab' bereits vor kurzen Tagen,
Auf des alten Hanfried's wilde Klagen,
Und auf der Landbewohner Bitt' —
Denn die Burg der Auer betret' ich nit —
Schon fortgesendet den rechten Mann,
Der uns bald Klarheit schaffen kann!"

Kunibert (neugierig).

Wohl gar seinen Truchseß mit reisigen Mannen?

Abt (lachend).

Der käme zu langsam nur von bannen;
Denn wo Gott thut die Hand 'rausstrecken,
Da blieb der Baier picken und pecken,
Thät' Alles bis zum Grund auslecken!
O nein! Der Kaiser war gar klug,
Schickt Einen, der an die Hose schlug,
Frisch „omnia mea mecum porto" sang,
Und leicht wie ein Vogel davon sich schwang.

Kunibert (freudig laut).

Dann kann es nur der Triesdorfer sein!

Abt (steht auf).

Jawohl, doch brauchst Du's nicht auszuschrei'n!

(Heimlich).

Ich bin nur froh, daß der Kaiser die Last
Mir nahm von diesem Bachstelzen-Gast,
Der schon seit Monden im Kloster hier
Gethan, als ob nur er regier',
Mir aufgehetzt mit Schelmerei'n
Die Klosterschüler groß und klein.
Das war bei ihm ein beständig Wandern
Von einem Ende der Insel zum andern,
Ein Tüscheln und Tuscheln voll Geheimthuerei,
Und mußt auf Befehl doch lächeln dabei,
Weil dieser sonderbare Christ
Des Kaisers größter Liebling ist!

(Trompetenruf Seite Rechts hinter der Scene.)

Der Heinrich, der auch nicht schläft nach Tisch,
Damit zum Regieren er immer frisch,
Will nun den guten Leuten sich zeigen,
Die weit herkommen auf allen Steigen,
Und über den See herüber gefahren,
Sein theures Bild im Herzen zu wahren. —
Komm, laß uns nach den Scholaren seh'n,
Die wohl vor Ungeduld vergeh'n,
Dem Kaiser zu zeigen, was Künste sie können —
Man muß der Jugend auch was gönnen!

(Beide Seite Rechts vorne ab.)

Zweiter Auftritt.

Ein Schifflein legt hinten am Ufer an, **Triesdorfer** springt zuerst an's Land, und hilft einer geschmückten, aber tief verschleierten **Edeldame** aussteigen. Ein **Ritter** mit stattlichem Vollbarte, und in einen weiten Mantel gehüllt, folgt nach. Dann hilft Triesdorfer einem **Mädchen** aussteigen, das eine Handtrommel trägt, und sich in buntester, südlicher Tracht zeigt. Zuletzt springt aus dem Schifflein ein gräulich vermummter **Kerl**, der falsche Haare und ebensolchen Bart von Flachs trägt. Wie derselbe an dem Lande ist, stürzt er auf die Kniee nieder und küßt die Erde.

6

Triesdorfer (halblaut)

Und nun, Ihr Schatten, rasch an Eure Stelle,
Dort hinten in der Grabkapelle. —
(Der Ritter, die Edeldame, das Mädchen und der Vermummte verschwinden
lautlos Seite Links hinten.)

Triesdorfer
(kommt vor, die Harfe umgehängt, und sieht dem Abt und Kunibert nach.)

Das alte Schwatzmaul wird fertig nie,
Und stört mir all' meine Poesie. —
(Droht schelmisch nach.)
Na wart', Dir spiel ich einen Possen,
Und schauen darfst Du nicht verdrossen,
Wenn mein guter Kaiser dazu lacht
Und spricht: „Triesdorfer, hast's gut gemacht!" —
(Schlägt sich auf den Mund.)
Nun schwatz ich selber, anstatt zu handeln,
Und mit meinen Mägdlein anzubandeln. —
(Er schwingt sein Barett.)
Ja, wenn das Herz aller Freuden voll,
Der Teufel kein Schwatzmaul werden soll!
(Er eilt Seite Links vorne ab.)

Dritter Auftritt.

Kaiser, Constantia, Gefolge, von Seite Rechts hinten vor-
kommend.

Kaise.

Nun sag' mir Constanze, ist's eigentlich werth,
Daß der deutsche Kaiser immer fährt
Nach Deinem Italia und dem ewigen Rom?
Wölbt hier nicht des ewigen Himmels Dom,
Mit seinen Säulen — der Alpen Pracht —
Sich über das deutsche Land, das lacht
In herrlichem Grün, voll Waldesduft?
Und dort — dort findet er höchstens — die Gruft!

Constanze (schmiegt sich an Heinrich).

Wo Du bist, mein Heinrich, da ist es gut;
An Deinem Herzen sich's sicher ruht!

Kaiſer (zärtlich Conſtanze an ſich drückend).

Mein Weib! Biſt raſch getreten in den Orden
Der deutſchen Hausfrau'n, der geworden
In aller Stille heim'ſcher Welt,
Der erſte unter'm Himmelszelt!
Die deutſche Hausfrau, eng bezirkt,
Voll Segen in die Weite wirkt,
Weil ſie den Kindern und Genoſſen
Das Edle und Gute, das ihr entſproſſen,
In Treuen in die Seele legt,
Und Stamm für Stamm es weiter trägt!

Conſtanze
(leiſe, mit geſenkten Blicken Heinrich leiſe zuflüſternd).

So wunderbar iſt's hier, daß ich vertrauen ..
(ſagt ihm etwas in's Ohr).

Kaiſer
(kniet vor Conſtantia nieder und küßt ihre Rechte).

O, Weib, holdſeligſte der Frauen!
(Zu dem Gefolge, welches erſtaunt dem Gebahren des Kaiſers zuſieht. — Auf-
ſpringend und in ſeligſter Erregung:)

Hört Alle! Der Heinrich von Hohenſtaufen,
Mit Gottes Gnade läßt er taufen
Im nächſten Jahr! —

Die Edlen
(reißen die Schwerter heraus, ſchlagen dieſelben zuſammen, und rufen, in-
dem ſie ſich auf das linke Knie niederlaſſen):

Heil unſer'm Kaiſer und ſeinem Haus!

Die Damen
umbrängen die hoheitvoll ſtehende Kaiſerin und küſſen ihr Hände und Kleid).

Kaiſer (freudigſt erregt).

Da geht ein altes Wahrwort aus:
„Es kommt das Glück niemal allein!"
Denn heut' kam mir die Kunde, daß am Rhein
Der Richard aus dem Engeland
Und dort als Löwenherz bekannt,
Der deutſches Banner trat mit Füßen,
In Worms für ſeine Schuld thut büßen!
Auch Brunswik's Leu, ſein Schwiegervater,
Und ſtets im Schlimmen ſein Berather,

6*

Der mich als ärgsten Feind gemieden,
Läßt bitten heut' um steten Frieden!

(Trompeten Seite Rechts hinter der Scene.)

Kaiser (ergreift Constantia's Hand).

Nun aber, vieledle Herren und Frauen,
Laßt uns eine lustige Comödie schauen,
Die uns die kleinen Scholaren geben!
Sie thun, was sie vermögen eben!

(Kaiser führt die Kaiserin zur Empore, wo sie sich niederlassen. Das Gefolge gruppirt sich hinter und neben ihnen. Die Damen setzen sich auf die
Stufen der Empore.)

Vierter Auftritt.

Festzug: 6 Trompeter, Fahnentr. mit der Kirchenfahne des heiligen
Benedict. **Abt.** Zug der zwölf Schüler, paarweise. Alle
im Ordenskleide der Benedictiner. Vier Mönche als Lehrer.
Volk drängt nach, unter demselben **Hanfried**, der sehr ge-
brechlich geworden ist, geführt von seinem Sohne **Kunrad.** —
Später **Triesdorfer.** — Während die Trompeter und der
Fahnenträger sich in der Mitte des Planes aufstellen, um-
ziehen die Scholaren, angeführt von dem Abte und geschlossen
von den vier Lehrern, den Raum und stellen sich gegenüber
der Empore auf, das „Domine salvum fac regem" zweistimmig unter Trompetenbegleitung singend. Abt steht zuletzt in der Mitte vor den Schülerknaben und die Lehrer
hinter denselben. Hanfried und Kunrad Seite Rechts ganz
vorne. Das Volk schließt das Bild ein.

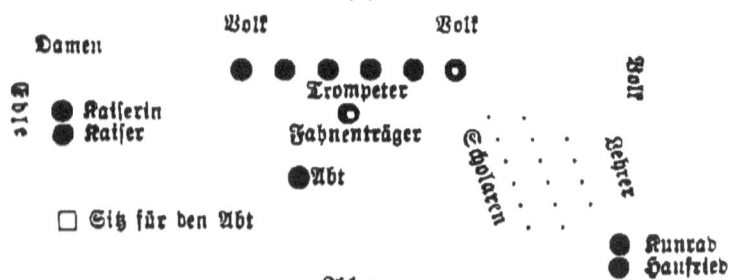

Abt

(nachdem der Zug steht und der Gesang schloß).

Mit starkem Willen und magerem Können,
Magst Du, mein Kaiser, uns vergönnen,
Daß wir ein Spiel in des Plautus Weis'
Vorführen Dir mit allem Fleiß!
Es ist . . .

Triesdorfer
(stürmt von Seite Links hinter den Edelfrauen mit einer Kinderschaar
von Bauernmädchen herein, die unter dem Rufe:

„Heil, Heil unserm Herrn Kaiser und seiner Frau!"
sich zwischen den Abt und die Scholaren drängen.)
NB. Alle Kinder, auch die Scholaren tragen kleine Blumensträuße in
den Händen.

Alles (lacht und die Scholaren kichern).

Abt
(sehr erregt zu Triesdorfer, der sich breitbeinig zwischen ihm und dem Kaiser
aufpflanzt, und dem Abt in die Zähne lacht).

Herr Triesdorfer. wenn Euer Gebahren ich schau',
Dann nenn' ich's — verzeiht, daß ich so muß
sprechen . . .

Triesdorfer
(die Harfe in der Linken, sein Barett mit hohen Pfauenfedern verziert).

Sagt's frei — ein niederträchtges Erfrechen! —
Stimmt das? — Nun bitt' ich, wollt Euch gütigst
setzen,
Und laßt mich meinen Schnabel wetzen!
Denn unser Herr Kaiser muß doch wissen,
Weshalb ich halbwegs ausgerissen,
Und stehe vor ihm hier auf dem Plan,
Als ging sein Befehl mich gar nichts an!.

Abt
(dem der Kaiser winkt, setzt sich ärgerlich auf seinen Platz).

Kaiser (lachend).

Ja, Triesdorfer, sag', wo kommst Du denn her,
Und wie mir scheint, mit Taschen leer?

Triesdorfer.

Ich hört' unterwegs ein Vöglein singen!
(fährt über die Saiten seiner Harfe.)
„Ihr Menschen mit Eurem Mühen und Ringen,
Ihr tappt herum in der finstern Nacht,
Indeß der Herrgott längst Tag gemacht!"

Kaiser (erregt aufstehend).

Versteh' ich Dich? Du hast gefunden — —?

Triesdorfer (verneigt sich).

Verzeiht! Mir ist die Zunge gebunden!

Kaiſer (ſetzt ſich wieder).

So, ſo!

Hanfried

(der hoch aufgehorcht hat und etwas vortrat, ſinkt wieder in ſich zuſammen, und tritt zu ſeinem Sohne zurück.)

Triesdorfer

(drängt ſeine Bauernkinder von den Scholaren weg und ſtellt ſie vor den Trompetern in die Mitte auf. Luſtig zum Kaiſer):

Nun hört, was ſtatt dem ſteifen Latein
Ich unſern muntern Kloſterknaben
Mit leichter Müh gelernt thu' haben,
(Zu den Mädchen.)
Und Ihr, Ihr Flachsköpf' ſtimmt richtig ein!
(Er giebt den Accord auf ſeiner Harfe an.)

Abt (aufſtehend).

Was iſt's?

Triesdorfer (verneigt ſich mit Schelmerei).

Ein Lob vom deutſchen Wald,
Und dem, was drinnen ſich findet bald!

Er giebt den Knaben ein Zeichen zum Beginne, nachdem er nochmals den Accord auf ſeiner Harfe angab.)

Knaben (zweiſtimmig. Volkston).*)

Floret sylva undique,
Nach meinem Geſellen iſt mir ſo weh,
Es blühet der Wald ſchon lange.

Mägdlein (einſtimmig).

Wo iſt er. nach dem ich bange?

Knaben (friſch unisono).

Er iſt geritten von hinnen!

Mägdlein (Oberſtimme, erſt allein).

:|: O, weh, wer ſoll mich minnen? :|:

Knaben (Unterſtimme).

O, weh, wer ſoll ſie minnen?

Volkslied aus dem zwölften Jahrhundert.
Dann zuſammen.

---

*) Die 3 Volkslieder aus dem 12. Jahrhundert ſind von dem Herrn Muſikdirektor Emil Fritſch in Hannover für Kinderſtimmen componirt. —

Abt
(der lauschte, aber nun empört aufspringt).

Ein Bauernlied, ein Schelmenstreich!

Kaiser (drückt den Abt sachte nieder).

Gott gebe, daß im deutschen Reich
Viel Schelme noch so herzig singen!

Kaiserin.

Mir will's die Thränen aus den Augen bringen,
Wenn helle Kinderstimmen unbewußt,
So singen von der Liebe Leid und Lust!

Kaiser.

Triesdorfer, thu' eine Gnad' erbitten!

Triesdorfer.

Dann fleh ich, daß in uns'rer Mitten
Ein seltsam Paar ich Euch darf zeigen,
Das tanzen wird einen n e u e n Reigen.

Kaiser.

Gewährt! — Allein eine Gnade für Dich?!

Triesdorfer (sich verneigend).

Erst dies', das Ander' findet sich!
(Klatscht in die Hände und ruft nach Seite Links zurück:)
Matteo, Margaritha, rasch herbei,
Zeigt Eure Kunst vor Allen frei!

Fünfter Auftritt.

Vorige, Griesebart, in seiner Vermummung, und **Margaritha,** ihre Handtrommel hoch schwingend, eilen in raschem Laufe herbei. Beide knieen vor dem Throne nieder.

Alles Volk (neugierig erregt).

O, seht nur! Welch' ein Mummenschanz!

Kaiserin
(zum Kaiser, auf Margaritha deutend, halblaut).

Ich irr' mich nicht, das ist ja ganz
Die Salernitaner Volkestracht!

Kaiser (zu dem Paare).

Steht auf, und Euer Kunststück macht!

Griesebart und Margaritha.

(stellen sich zum Tanze an. Margaritha giebt mit ihrer Trommel das Tempo, und Griesebart klatscht in die Hände. Der Tanz, ähnlich wie Schuhplattler nur nicht mit den Hieben auf die Schenkel und die Schuhsohlen, stellt das Liebeswerben des balzenden Auerhahn's vor. Komische Verbeugungen und Schlagen mit den Armen als spreizende Flügel, von Seiten des Mannes, der in immer tolleren Sprüngen um das Mädchen hüpft, während dieses die Mitte hält, und sich mit zierlichen Wendungen um sich selbst dreht. Es ist das ein uralter schwäbischer Tanz, welchen man heute noch den Sieben= sprung nennt. — Nach dem vierten Sprunge des Griesebart ruft):

Kunrad.

Hoho, Du dummer Mummenschanz,
Das ist ja gar kein n e u e r Tanz,
Den kennen wir alle gut genung,
Es ist . . .

Schüler, Kinder und Volk (jauchzend).

Der Schwaben Siebensprung!

Griesebart

(welcher bei der Rede des Kunrad gleich inne gehalten hat, deutet auf Mar= garitha und sagt mit verstellter Stimme:)

Nun sagt mir Alle zu dieser Frist,
Ob die da tanzt, — eine Schwäbin ist?!

Stimmen aus dem Volke.

Eh nun! 's geht an! Sie tanzt zu leicht!

Griesebart (natürlich grob herausfahrend).

Weil sie nicht Euch, Ihr Bären gleicht!

Hanfried

(stürzt vor, reißt Griesebart die Flachshaare und den falschen Bart herunter und ruft in furchtbarer Wuth):

Das ist der Hund, der Griesebart,
Der zu der gottverfluchten Fahrt
Geraubt Maria, die Enkelin.
Nun sollst Du dran, fahr' auch dahin!

(Er reißt ein verborgen gehaltenes Messer heraus, und will es dem wie schuldbestarrt dastehenden Griesebart in die Brust stoßen.)

Kaiser, Kaiserin, Abt, Damen

(springen entsetzt auf).

Eble und alles Volk ruft:

Gottesfriede!

Margaritha

hat sich dem Alten entgegengeworfen, entreißt mit leichter Mühe ihm das
Messer und ruft lachend):

O, kennen ich tut die Messespill.

(Sie schleudert das Messer weit fort, knieet vor dem Kaiser:)

Das tut eine Swaben-Mäddel nich vill!

(Sie küßt das Kleid der Kaiserin.)

Fa niente, carissima imperatrice.
Perdone, io sono per sempre felice!

Kaiserin

(reicht Margaritha die Hand zum Kusse, mit tiefem Gefühl):

O, lingua materna, tu sei si bene!

Kaiser (zur Kaiserin).

Verzeih', wenn ich störe, aber ich sehne
Mich nach der Klarheit in diesem Spiel!

Triesdorfer.

Da könnte ich sagen, mein Kaiser, gar viel,
Doch ist das Alles noch kürzer zu fassen,
Wenn An'dre ich darf sprechen lassen!

Kaiser.

Spann auf die Folter mich nicht länger —
Herbei mit den Andern, mein wackerer Sänger!

Triesdorfer (nach Seite Links hinten rufend).

Es lockt Euch ein reiner, kindlicher Sang,
Ihr Schatten herbei zum schwersten Gang!

Sechster Auftritt.

Vorige, Heinrich, Maria tief verschleiert als Edeldame,
Anna, Kunibert.

Triesdorfer

(giebt den Mädchen und Scholaren einen Wink. Diese theilen die Menge,
so daß in der Mitte eine Gasse entsteht, welche links die Mädchen und rechts
die Scholaren einrahmen. Triesdorfer hat in die Saiten gegriffen und begleitet den Gesang, unter dem die Kinder die Gasse bilden).

Altdeutsches Volkslied. (Zweistimmig.)

Komm, o komm, Geselle mein,
Hart entbehre ich ja Dein. —
Hart entbehre ich ja Dein,
Komm, o komm, Geselle mein!

Knaben: Alt.

Mädchen: Sopran.

Süßer, rosenrother Mund
Komm und küsse mich gesund. —
Komm und küsse mich gesund,
Süßer, rosenrother Mund!

Alles

(blickt in athemloser Spannung auf die Ankommenden, welche in einer
Reihe durch die Gasse ruhig vorschreiten. Anna führt Maria und Kunibert
zu Heinrich hin).

K. H. M. A.

● ● ● ●

Hanfried

(hat kaum Heinrich erblickt, so ruft er wild zu dem Kaiser gewendet).

Verdeckt auch der Bart sein treulos Gesicht,
Es ist der Mörder! — Heisch' Gottesgericht!

Kaiser (zu Hanfried).

Sei ruhig!
(Zu Heinrich.)
Herr Heinrich, wo kommt Ihr her?

Heinrich (mit männlicher Würde).

Vernimm' denn, mein Kaiser, die Wundermär',
Und bin ich zu Ende mit meinem Bericht,
(zu Hanfried)
Dann begehre Du Alter D e i n G o t t e s g e r i c h t! —

Kaiser und Kaiserin, Abt und Edeldamen

(setzen sich. Die Gasse schließt sich, so daß die Mädchen Seite Links und die
Knaben Seite Rechts hinter den Angekommenen stehen. Triesdorfer stellt sich
wie zum Schutze ganz vorne Seite Rechts vor Hanfried und Kunrad neben
den Benedictiner-Lehrern auf).

Heinrich.

Mein Kaiser, hab' erfahren, daß Ihr wißt,
Was in Salerno mit mir gescheh'n ist,
Bis zu jener Stunde, wo ich im Sand
Dahingestreckt durch Mörderhand. —

Aus sieben Wunden floß mein Blut,
Und tränkte die Erde so satt und gut,
Daß Meister Simon sagte: „Mit dem Rest
Fürwahr kein Leben sich denken läßt!" —
Trotzdem er dachte, mit mir wär's aus,
Ließ er mich tragen doch in sein Haus,
Und hat die immer noch träufelnden Wunden
Gesäubert und sorgsamlich verbunden. —
Wohl bis hin an den siebenten Tag
Ich dort als wie ein Todter lag,
Und wollt er mich schon der Gruft übergeben. —
Da sah er erstaunt, in mir wär' Leben,
Dieweil das Uebel der Malezei
Ganz sichtbarlich im Schwinden sei. —
Dahin war all' mein schlechtes Blut;
Ihm galt's, ein neues, völlig gut
Nun nach und nach zu langen Zeiten
In meinen Körper hinein zu leiten.
Mit Baden und rechten Elixiren
Da bracht' er's dahin, daß sich verlieren
Nun that der Krankheit letzte Spur;
Und mußt' ich fasten, meine Natur,
Der auch die Jugend zur Seite stand,
Mit jedem Tag neue Kräfte fand. —
. Und endlich sagt Simon: „Nun preise den Herrn,
Gesundet bist Du zu dem Kern!
Doch merk' Dir: Ein Wunder es immer war;
Denn gleichsam am feinsten Frauenhaar
Hing all Dein Leben, und Gottes Gnad'
Weit mehr als ich, mein Sohn, da that!" —
Bald ward der Ueberschuß an Kraft zu viel,
Da übt' ich wieder ritterliches Spiel. . . .

Kaiser (ungeduldig).

Du sprichst von Dir, und immer nur von Dir!
Sag' an: Was wurde denn aus — Ihr? —

Heinrich (kalt).

Die Bauerndirne lebt — nicht mehr!

Hanfried
(will vor, wird von Triesdorfer zurückgehalten).

Ha, Mörder Du an Leib und Ehr'!

Kaiser (aufstehend).

Wer ist die Fraue, die Du bei Dir hast?
Ist's Jene, die mit uns damals zu Gast
In Deiner Burg war, so befehl' ich Dir:
Sofort zu weichen von dem Ort mit ihr,
Da ich, wo ich Unedles auch erspähe,
Es ewiglich verweis' aus meiner Nähe! —

Heinrich (mit ruhigem Stolze).

Und ich entgegne: Keine ist an Seel' und Leib
Vieledler als mein (faßt Marie bei der Hand) — theures
Weib! —
(Alles springt empor. Erregte Gruppen überall).

Kaiser
(aufspringend und an sein Schwert fassend).

Verräther Du! Das kostet Dich Dein Leben,
Weil Deiner Kaiserin den Schimpf that'st geben!

Heinrich (Marie umarmend).

Für sie zu sterben, wär' mir Seligkeit,
Und jeden Augenblick bin ich bereit,
Mein Haupt zu neigen hin dem letzten Streich;
Doch hört mich an, ich bin zu End' sogleich!

Kaiser.

So sprich!
(Er und die Kaiserin lassen sich nieder. Abt und alle Anderen bleiben stehen.)

Heinrich.

In meiner Krankheit allewege
Stand ich in eines Engels Pflege,
Der von dem Himmel herabgestiegen,
Der Seele Malezei thät besiegen!
Demüthig, mild und gottergeben
Hat dieser Engel mit sanftem Weben
Mein überstolzes Herz bezwungen,
Daß ich von heißer Lieb durchdrungen

Aufjauchzen wollt' in heller Luft,
Die Menschheit zu drücken an meine Brust!" —
War's da ein Wunder, daß ich sann
Zu liegen in dieses Engels Bann,
So lang mir Gott den Tag bescheert?
Der Engel sprach: „Bin Deiner gar nicht werth,
Du würdest später mit tiefem Scheuen,
Den unbesonnenen Schritt bereuen!
Ich lieb' Dich mehr, als Alles auf Erden;
Doch niemal kann Dein Weib ich werden!" —
Da nahm ich den Engel an der Hand,
Und kam mit Simon, der bei mir stand
Als Vater, hin nach dem ew'gen Rom,
Wo ich im heil'gen Sanct Peters Dom
Dem Papste selbst legt' ab die Beicht'! —
Gen Brauch ihr Cölestin die Hand nun reicht
Und sagt: „Wenn je es gegeben Engel
In dieser Welt voll Fehler und Mängel,
Bist Du einer, und selbst nicht werth
Wär' Dein ein Kaiser; doch weil Du begehrt
Des reuigen Sünders Gattin zu sein,
So seg'ne ich selbst Deinen Eh'bund ein,
Nach welcher höchst und reichsten Ehren
Dein Kaiser Heinrich möcht' begehren!"
(Heinrich verneigt sich vor dem Kaiser.)

Hier bin ich nun, es endet sich
Die Mär' vom armen Heinerich!
(Er entschleiert Maria.)

Allgemeiner Aufschrei!

Maria!

Hanfried
(stürzt auf Maria zu, kniet nieder und küßt ihr Kleid).

O, Herr, laß mich vor Freude sterben!

Maria
(hebt Hanfried auf und umarmt ihn).

Kaiser
(steigt von seinem Throne herab und beugt vor Maria sein Knie).

Den Adel kannst Du nicht erwerben,
Du trägst ihn vollauf ja in Dir!

Dein Kaiser selber huldigt hier
Dem Engel — und der Staubgebor'nen —
Die retteten den fast Verlor'nen!

Griesebart (halblaut zu Hanfried).

Wenn Du mich erdolcht, dann hätt's Gewissen
Dich nun auf ewig zu Schanden gebissen!

Kaiser
(steht auf und reicht Heinrich die Hand, die dieser küßt).

Dich aber nehm' ich auf den Plan
Zum Grafen von ganz Schwaben an!

Heinrich (zu seiner Mutter).

O, Mutter, nimm hin den verlor'nen Sohn!

Anna (Heinrich umarmend).

Mir winket auf Erden der Himmel schon!

(Nachdem Heinrich zu seiner Mutter getreten ist, bilden sich auf unauffällige
Weise, von selbst, folgende Gruppen: Kaiserin mit ihren Damen begrüßt
Maria. — Kaiser spricht mit Abt und den Edlen. Kunibert ist zu Griesebart
und Margaritha getreten. Triebsdorfer steht bei Hanfried und Kunrad.)

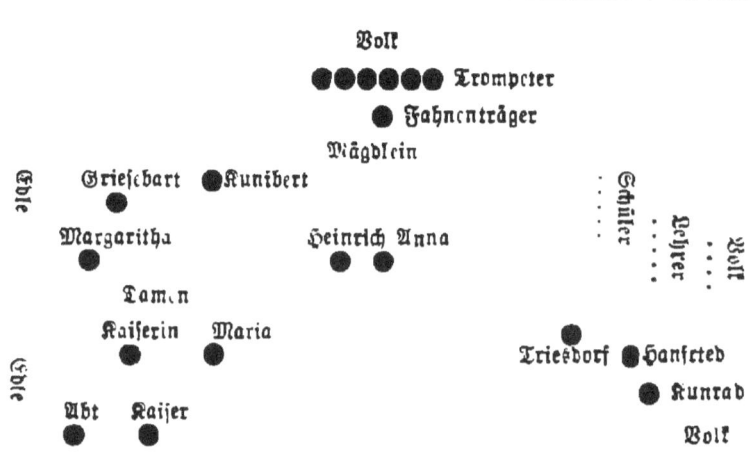

Maria

(welche — trotzdem die Kaiserin huldvoll sich ihr entgegenneigt — Heinrich
nicht aus den Augen läßt, erschrickt bei dem Worte Anna's: „Der Himmel
schon!" und ruft :)

Der Himmel? Nein! Nein!

(sie stürzt auf Heinrich zu, klammert sich mit dem linken Arme an denselben,
blickt dann in scheuer Furcht zum Himmel auf, deutet mit der Rechten hinauf und flüstert Heinrich zu :)

Es wird mit Eins so klar!

Siehst Du dort nicht der Engel Schaar?
Sie wollen zum Himmel hinauf mich heben!

(Ausbrechend, die Arme weit zum Himmel breitend und mit natürlich-
naivstem Ausdrucke:)

Du heiliger Gott, o, hab' Erbarmen.
Mit meinem Heinrich, dem Vielarmen,
Der ohne Maria nicht könnte leben!
Laß Deine Engel zurück nur schweben,
Weit, weit in Deinen Himmel hinein:

(Umschlingt Heinrich mit beiden Armen.)

Viel besser — lebendig, als — selig sein! —

Triesdorfer.

(hat den Knaben und Mädchen schon bei „Weit, weit in deinen Himmel hinein"
— ein Zeichen zum Aufpassen gegeben. A tempo mit dem letzten Worte
Maria's greift Triesdorfer den Accord auf seiner Harfe und paarweise, die
Mittelgruppe im Kreise umziehend, streuen die Kinder Blumen zu den
Füßen Marias und Heinrichs. — Frau Anna ist zu der Kaiserin getreten —
so daß Heinrich und Marie in einem Kranze stehen. Die Kinder singen
bei ihrem Rundtanze:

„Das Herzensschlüsselein."

Ich bin Dein, Du bist mein,
Dessen sollt gewiß Du sein.

(Kaiser umarmt die Kaiserin und blickt gerührt auf
den schönen Vorgang. Kaiser winkt Triesdorfer zu
sich heran, ergreift dessen Hand, die er in die des
Abtes legt. Triesdorfer kniet, und Abt legt segnend
beide Hände auf dessen entblößtes Haupt.

Eingeschlossen hab' ich Dich
In dem Herzen festiglich!
Verloren ging das Schlüsselein
Du mußt ewig darinnen sein! —

Zweistimmig.
Mägdlein: Sopran.
Knaben: Alt.

Während der vorletzten Zeile des Liedes beginnt
der Vorhang langsam zu sinken.

Ende.